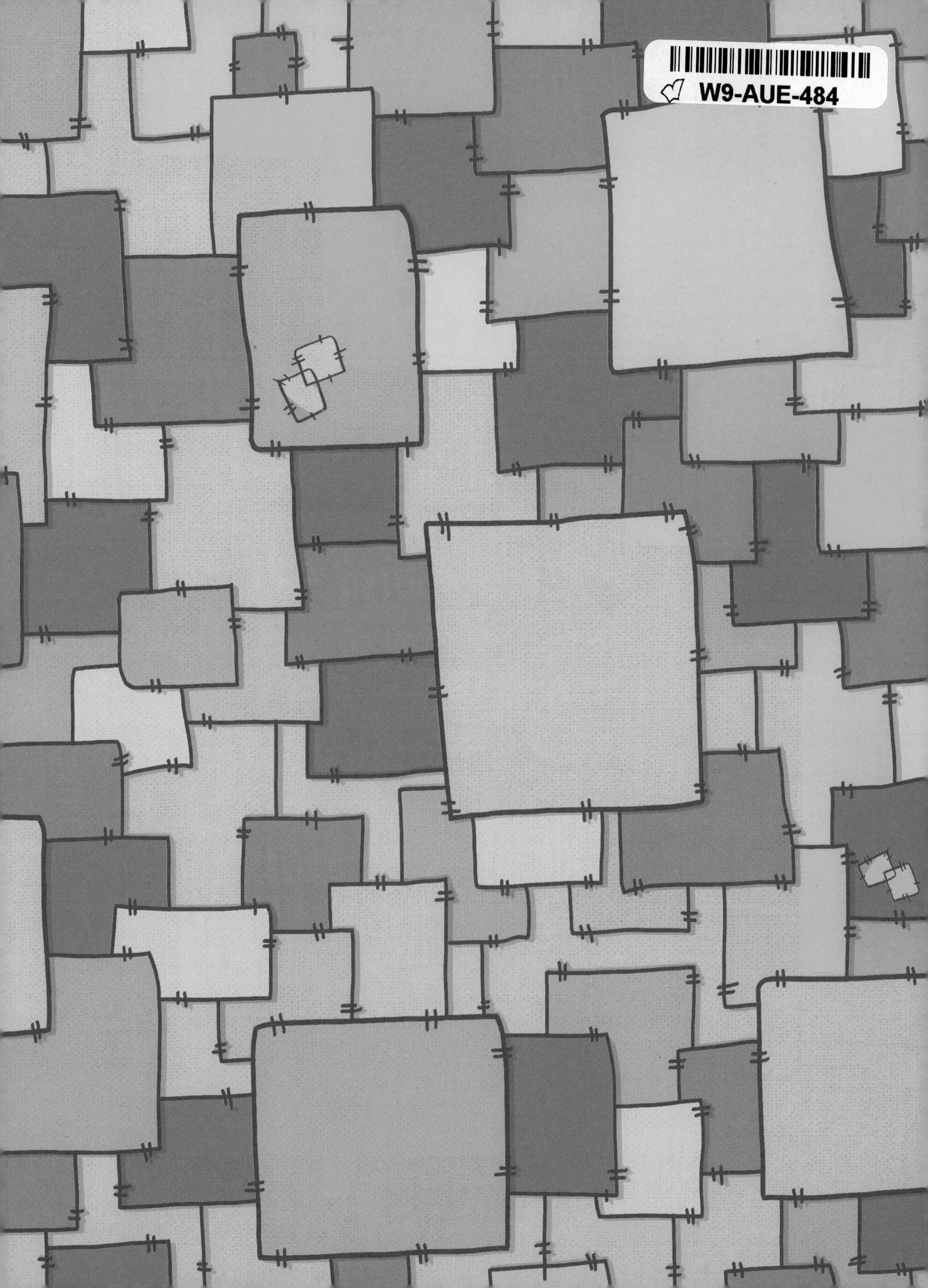

LA TRIBU CHATARRA

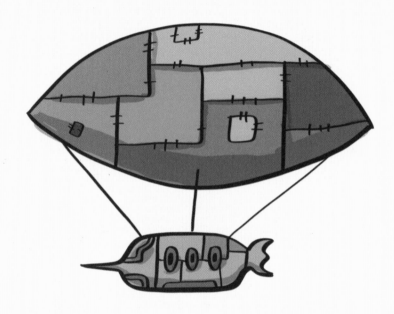

Guion y dibujos
Fermín Solís

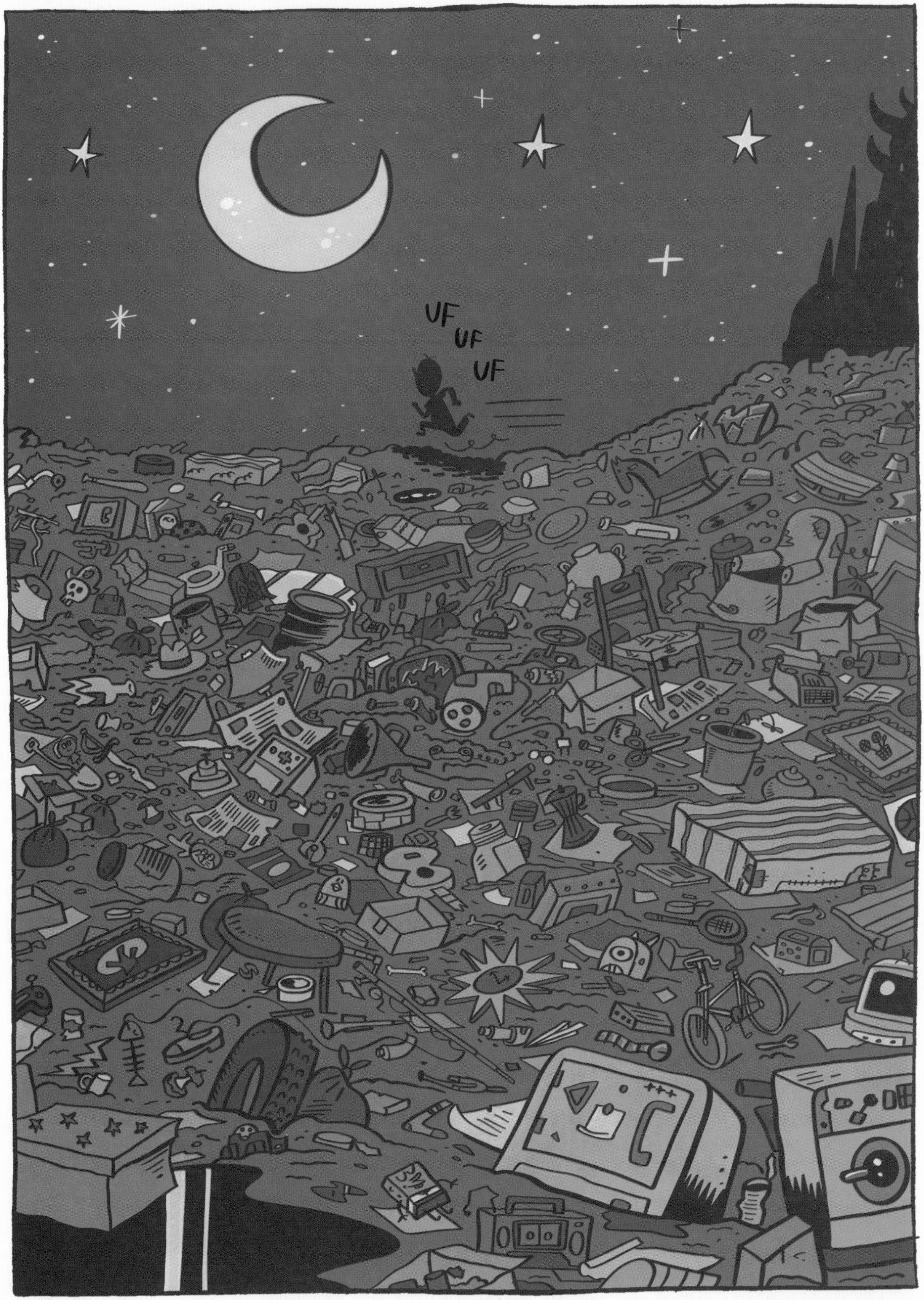
UF
UF
UF

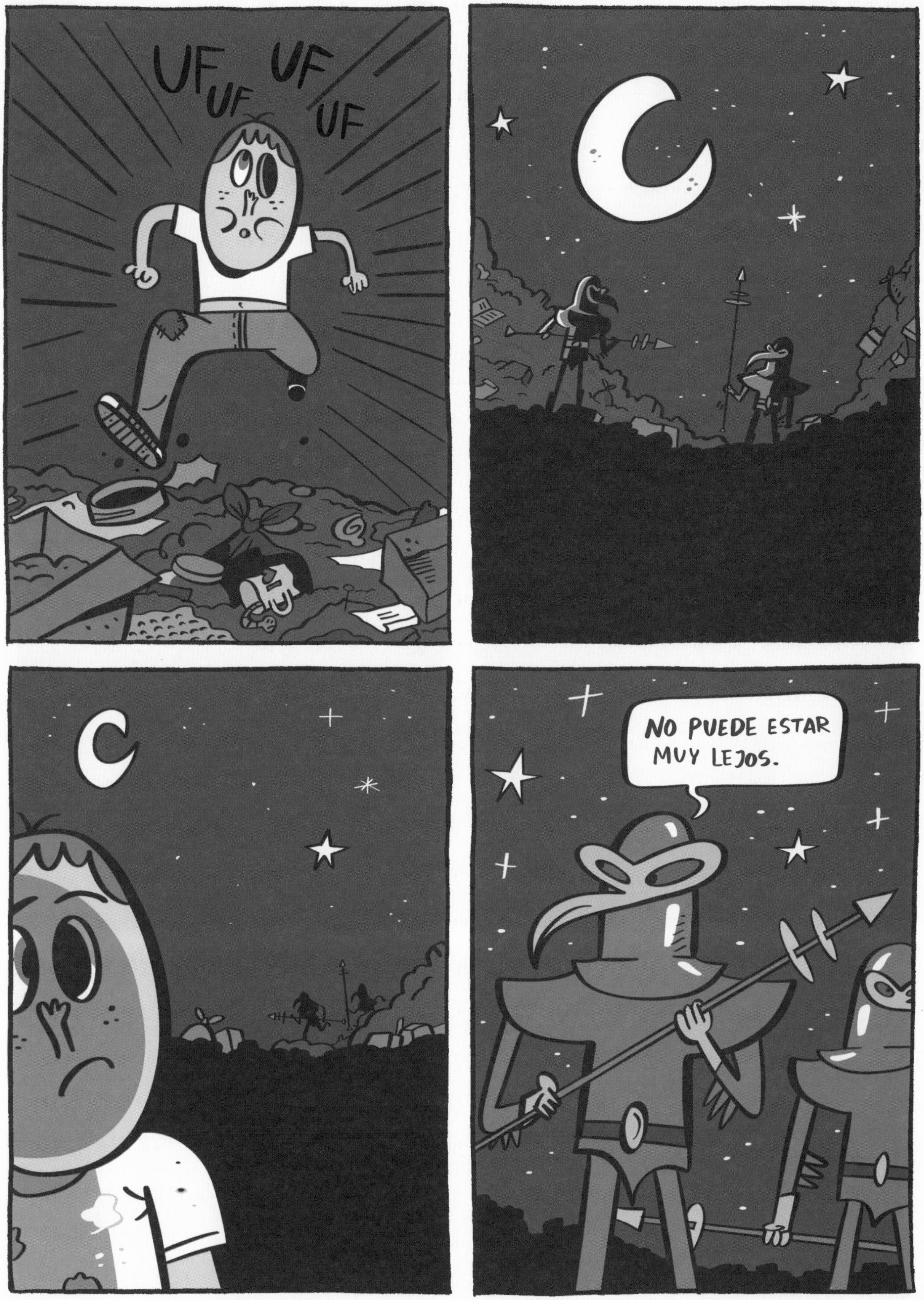
UF UF UF UF
NO PUEDE ESTAR MUY LEJOS.

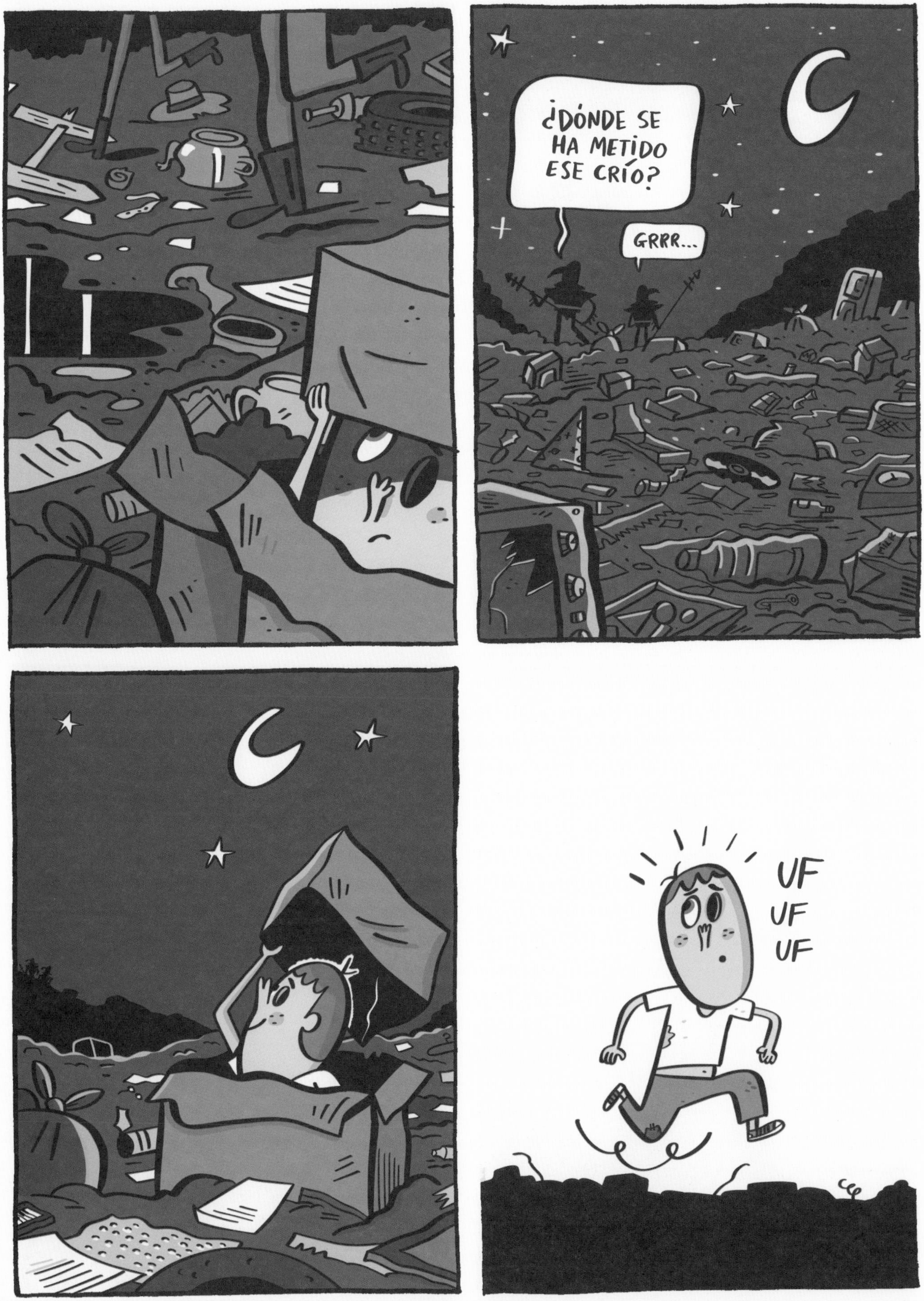
¿DÓNDE SE HA METIDO ESE CRÍO?
GRRR...
UF
UF
UF

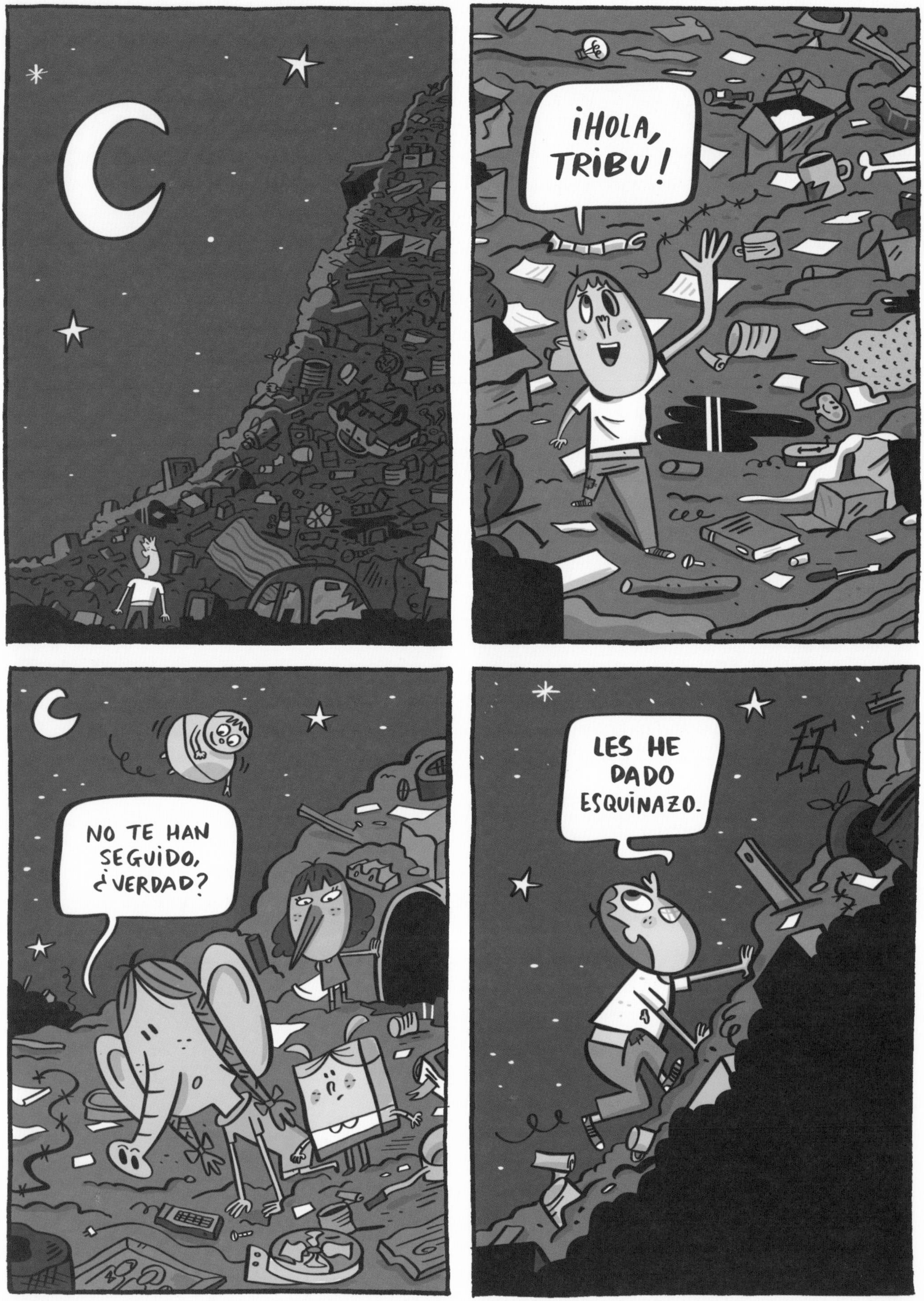
¡HOLA, TRIBU!
NO TE HAN SEGUIDO, ¿VERDAD?
LES HE DADO ESQUINAZO.

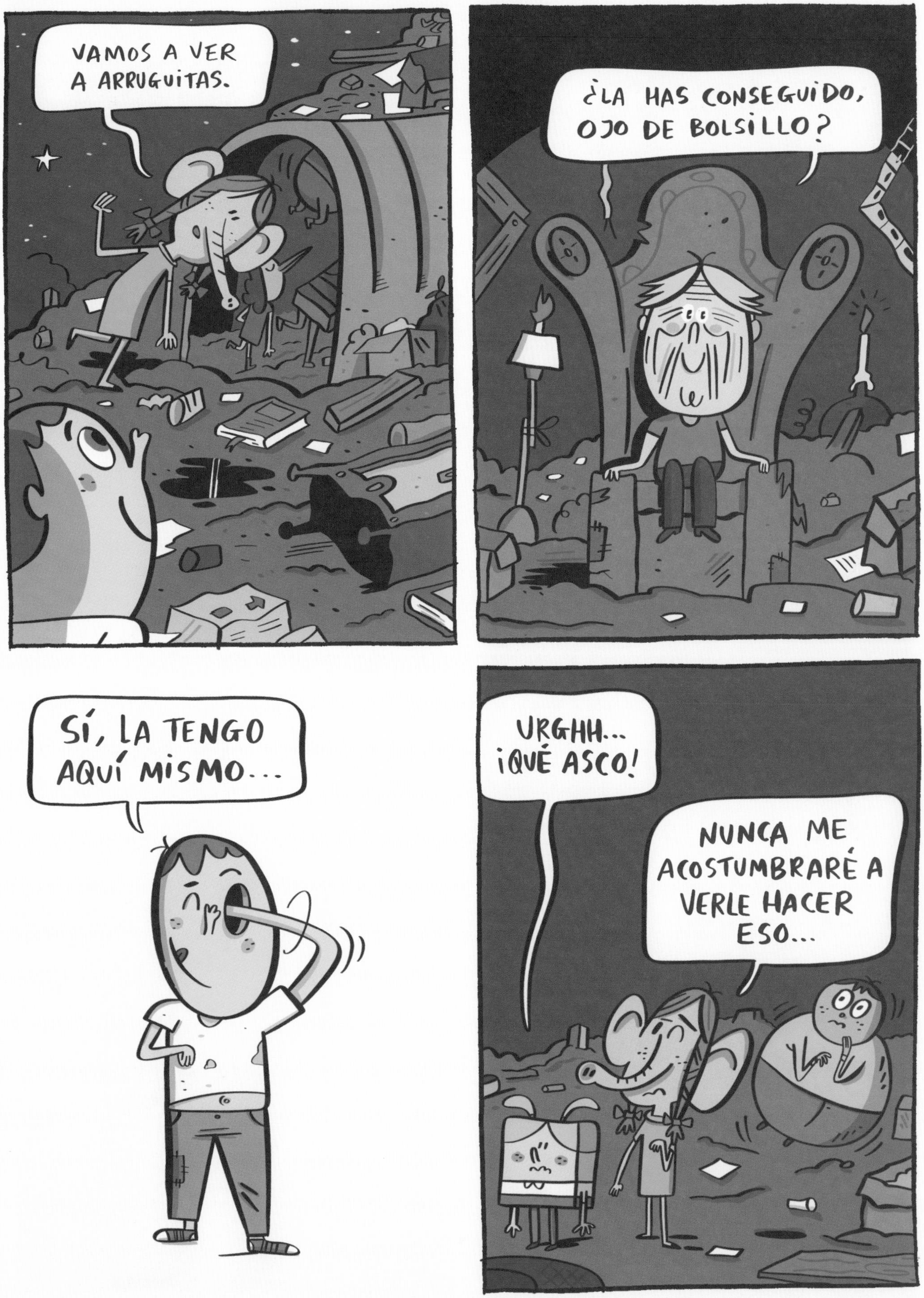
VAMOS A VER A ARRUGUITAS.
¿LA HAS CONSEGUIDO, OJO DE BOLSILLO?
SÍ, LA TENGO AQUÍ MISMO...
URGHH... ¡QUÉ ASCO!
NUNCA ME ACOSTUMBRARÉ A VERLE HACER ESO...

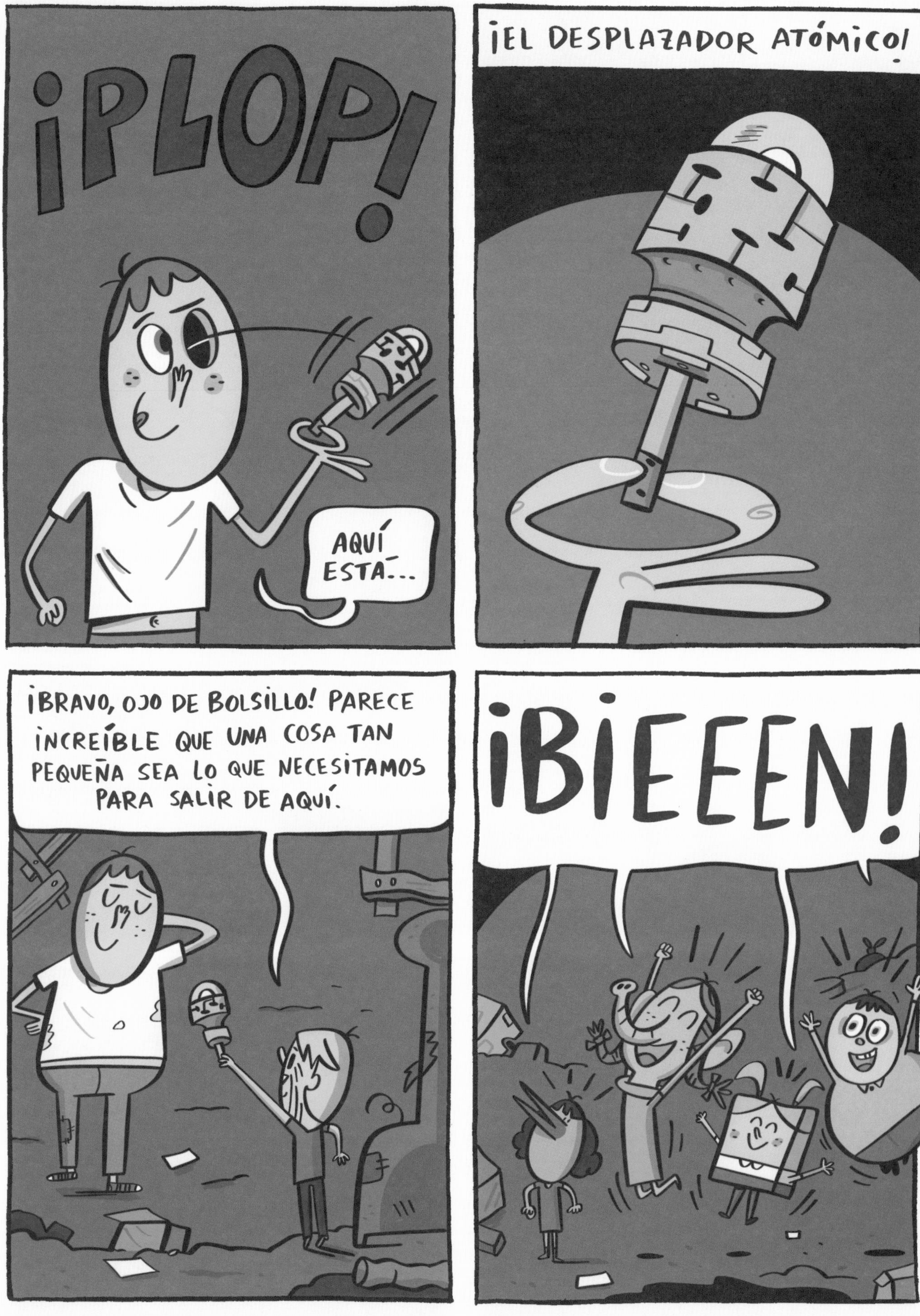
¡PLOP!
AQUÍ ESTÁ...
¡EL DESPLAZADOR ATÓMICO!
¡BRAVO, OJO DE BOLSILLO! PARECE INCREÍBLE QUE UNA COSA TAN PEQUEÑA SEA LO QUE NECESITAMOS PARA SALIR DE AQUÍ.
¡BIEEEN!

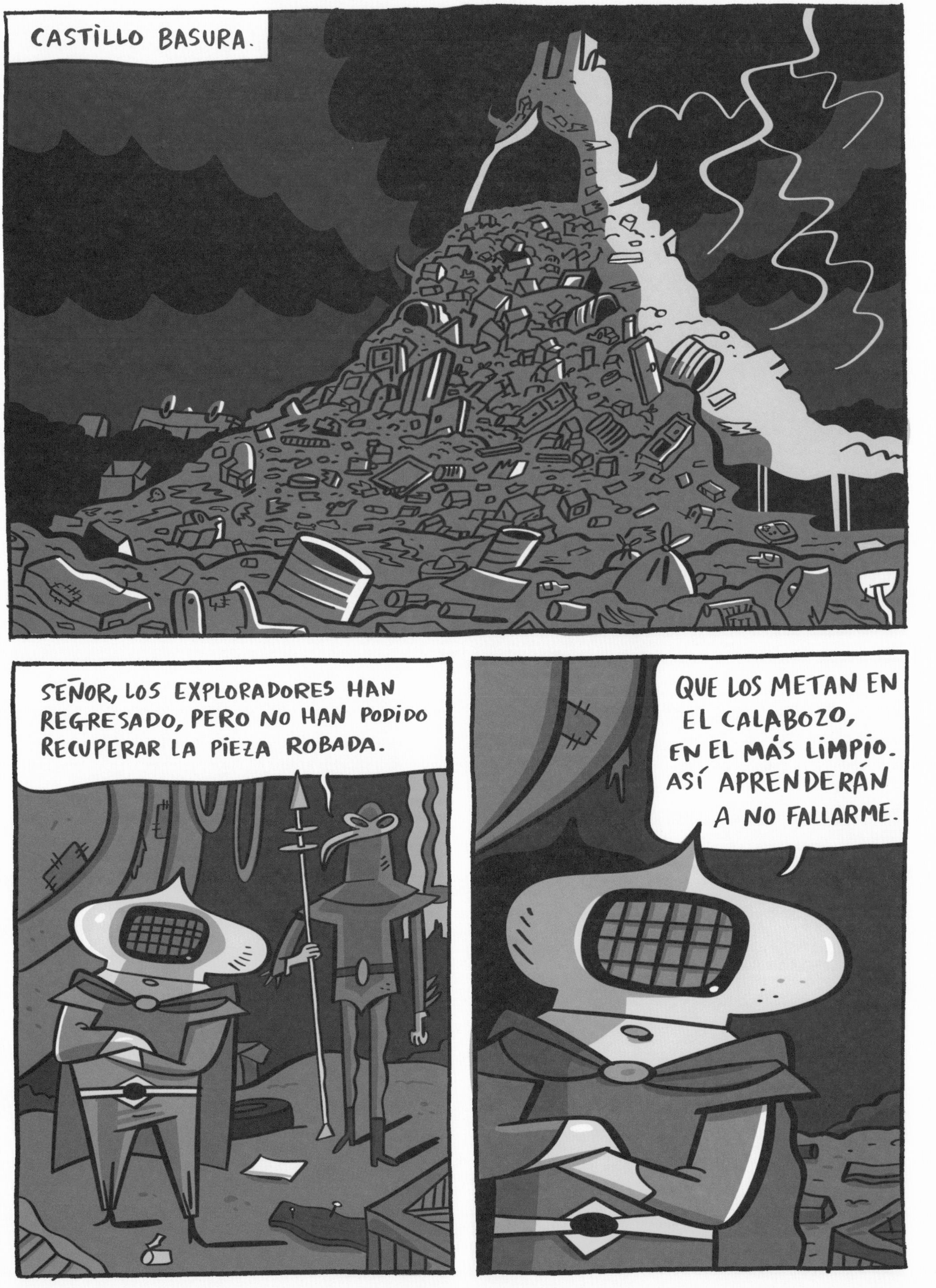
CASTILLO BASURA.
SEÑOR, LOS EXPLORADORES HAN REGRESADO, PERO NO HAN PODIDO RECUPERAR LA PIEZA ROBADA.
QUE LOS METAN EN EL CALABOZO, EN EL MÁS LIMPIO. ASÍ APRENDERÁN A NO FALLARME.

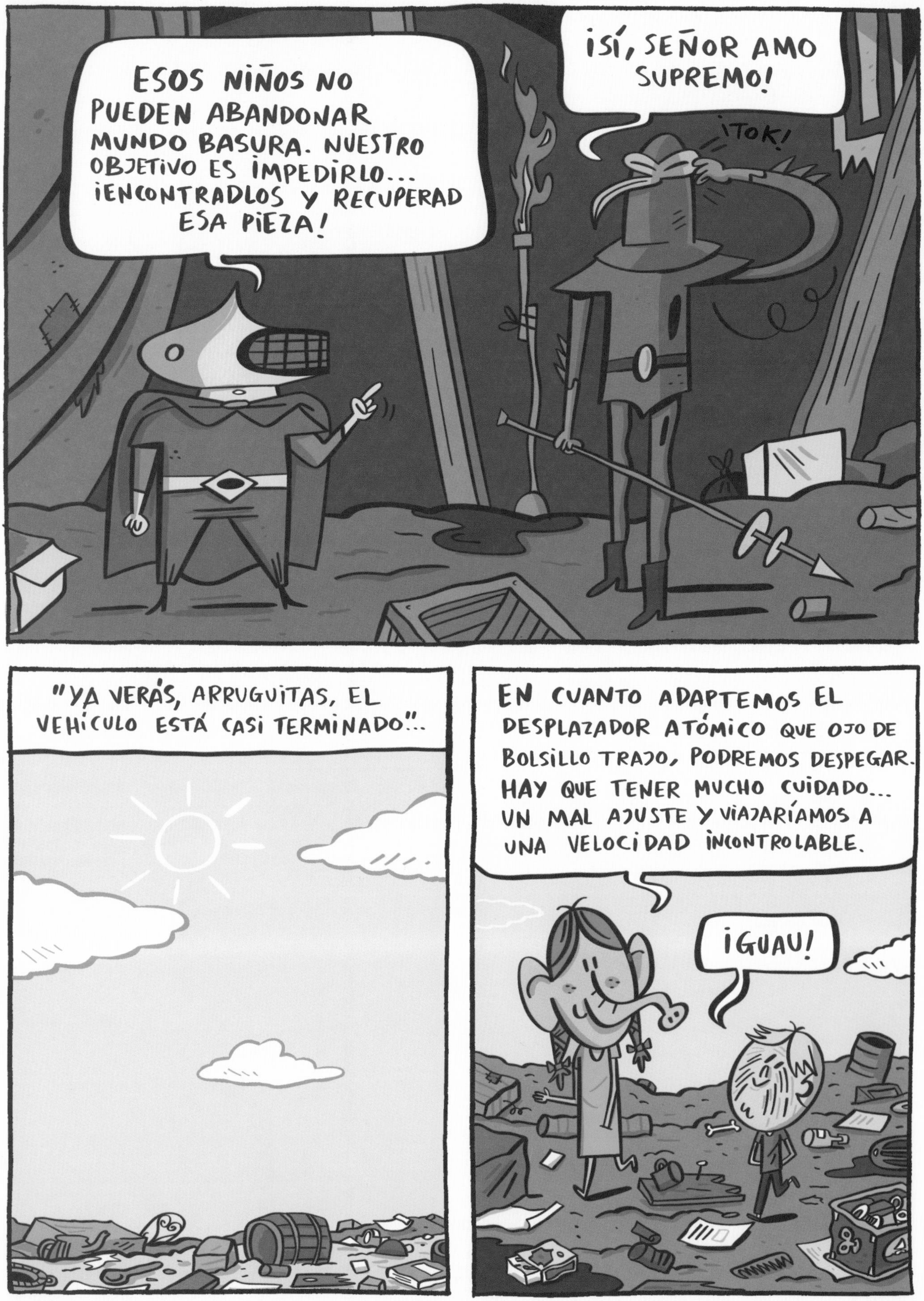
ESOS NIÑOS NO PUEDEN ABANDONAR MUNDO BASURA. NUESTRO OBJETIVO ES IMPEDIRLO... ¡ENCONTRADLOS Y RECUPERAD ESA PIEZA!
¡SÍ, SEÑOR AMO SUPREMO!
¡TOK!
"YA VERÁS, ARRUGUITAS, EL VEHÍCULO ESTÁ CASI TERMINADO"...
EN CUANTO ADAPTEMOS EL DESPLAZADOR ATÓMICO QUE OJO DE BOLSILLO TRAJO, PODREMOS DESPEGAR. HAY QUE TENER MUCHO CUIDADO... UN MAL AJUSTE Y VIAJARÍAMOS A UNA VELOCIDAD INCONTROLABLE.
¡GUAU!

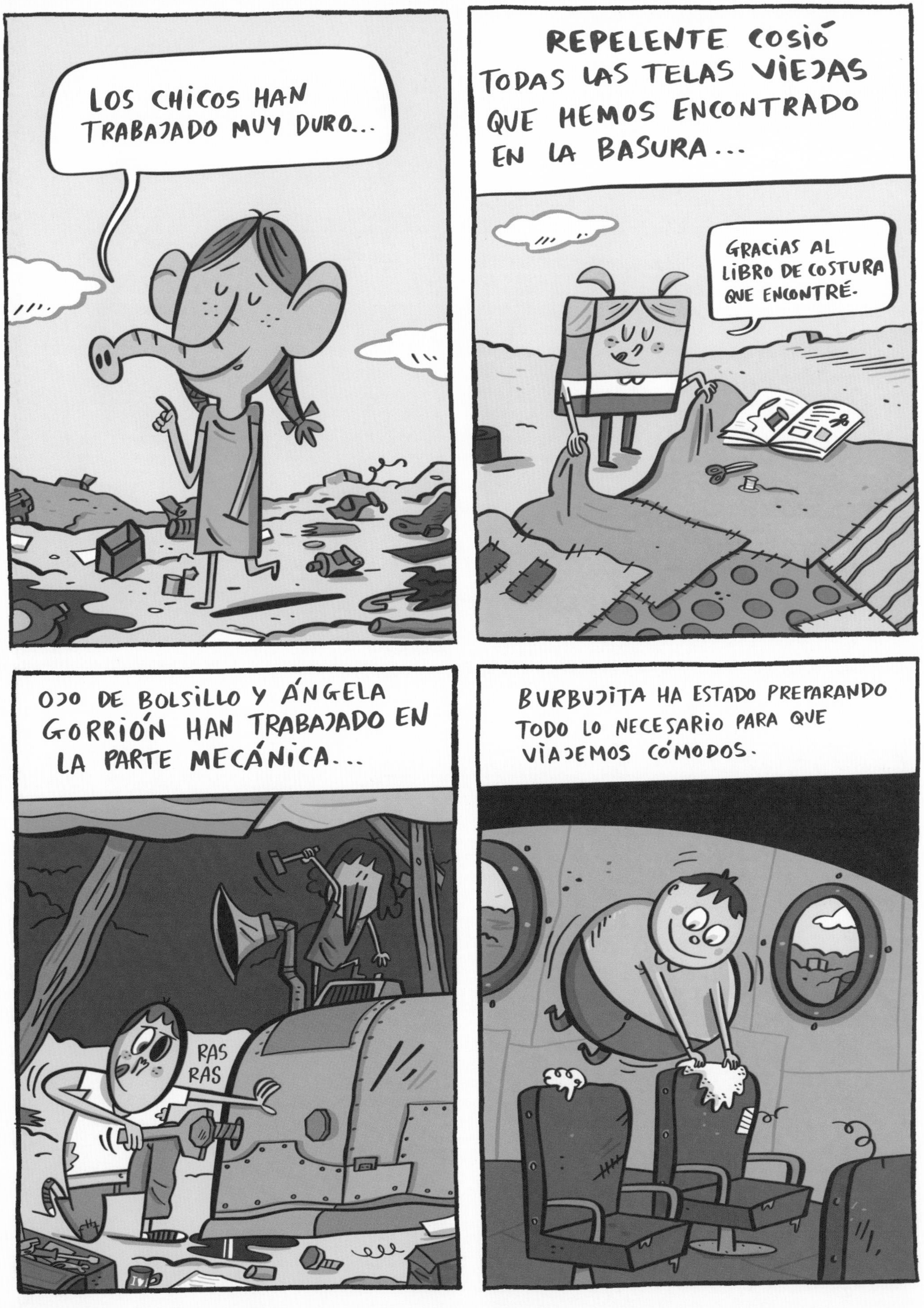

LOS CHICOS HAN TRABAJADO MUY DURO...
REPELENTE COSIÓ TODAS LAS TELAS VIEJAS QUE HEMOS ENCONTRADO EN LA BASURA...
GRACIAS AL LIBRO DE COSTURA QUE ENCONTRÉ.
OJO DE BOLSILLO Y ÁNGELA GORRIÓN HAN TRABAJADO EN LA PARTE MECÁNICA...
RAS RAS
BURBUJITA HA ESTADO PREPARANDO TODO LO NECESARIO PARA QUE VIAJEMOS CÓMODOS.

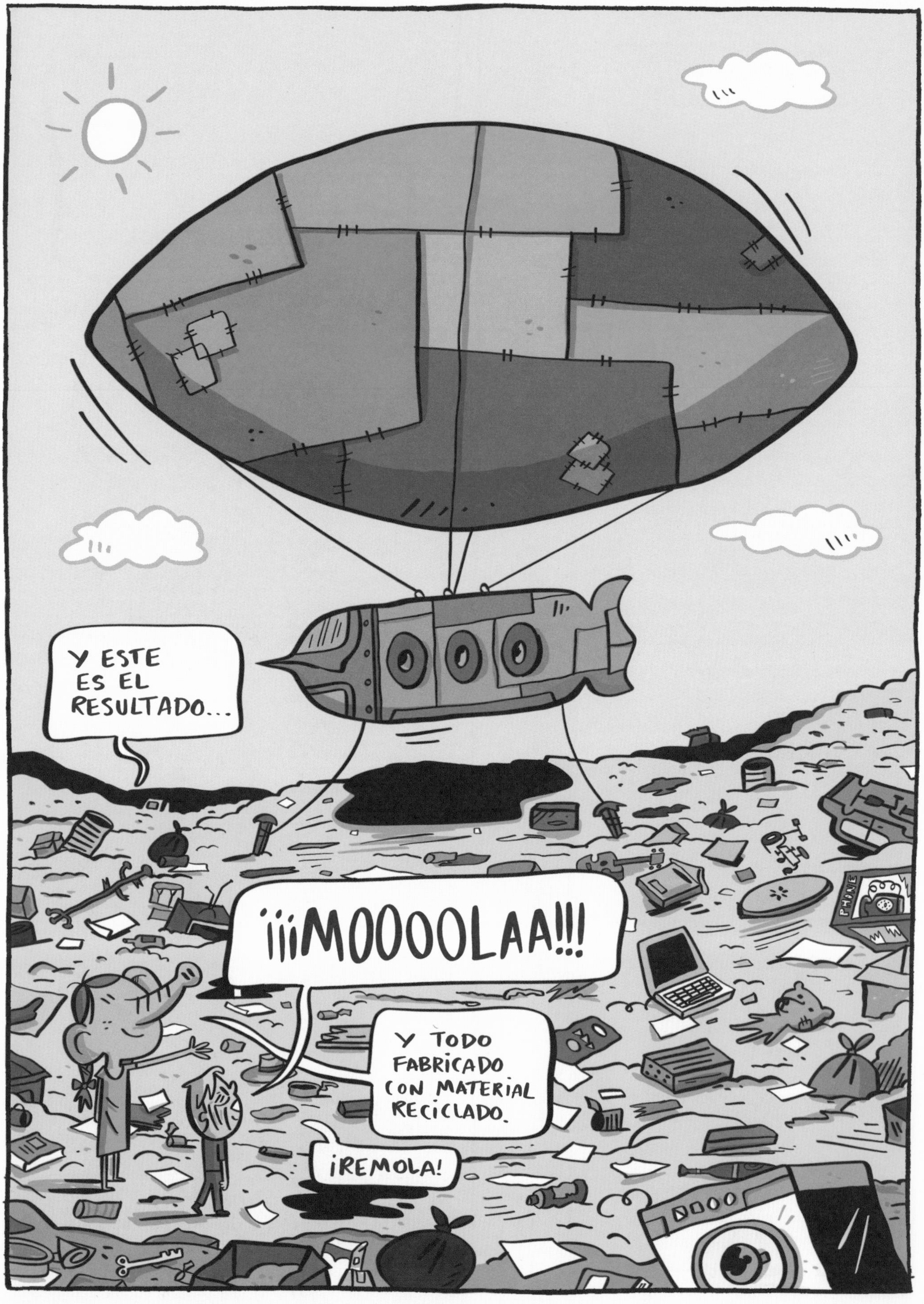
Y ESTE ES EL RESULTADO...
¡¡¡MOOOOLAA!!!
Y TODO FABRICADO CON MATERIAL RECICLADO.
¡REMOLA!
PHONE

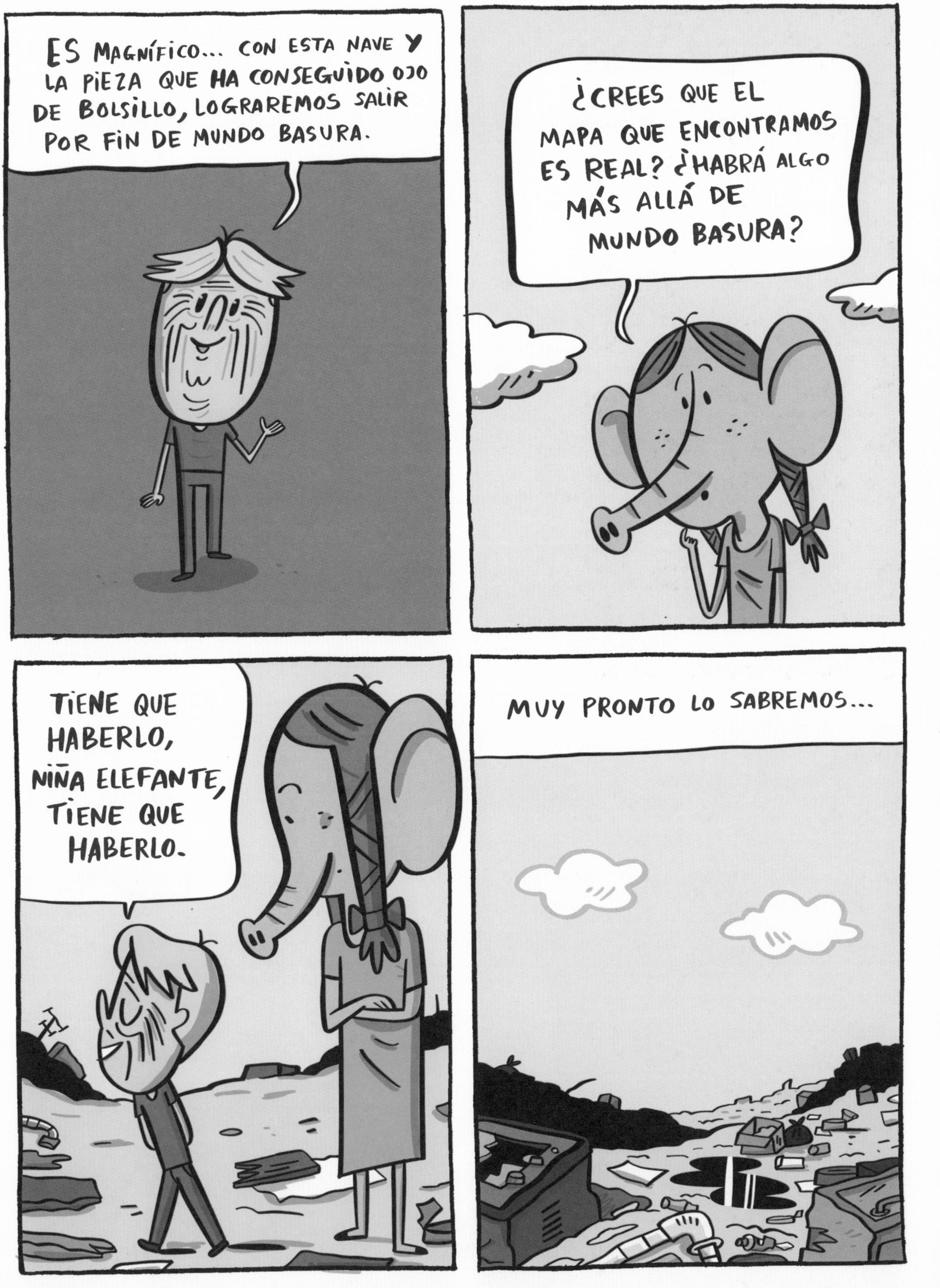
ES MAGNÍFICO... CON ESTA NAVE Y LA PIEZA QUE HA CONSEGUIDO OJO DE BOLSILLO, LOGRAREMOS SALIR POR FIN DE MUNDO BASURA.
¿CREES QUE EL MAPA QUE ENCONTRAMOS ES REAL? ¿HABRÁ ALGO MÁS ALLÁ DE MUNDO BASURA?
TIENE QUE HABERLO, NIÑA ELEFANTE, TIENE QUE HABERLO.
MUY PRONTO LO SABREMOS...

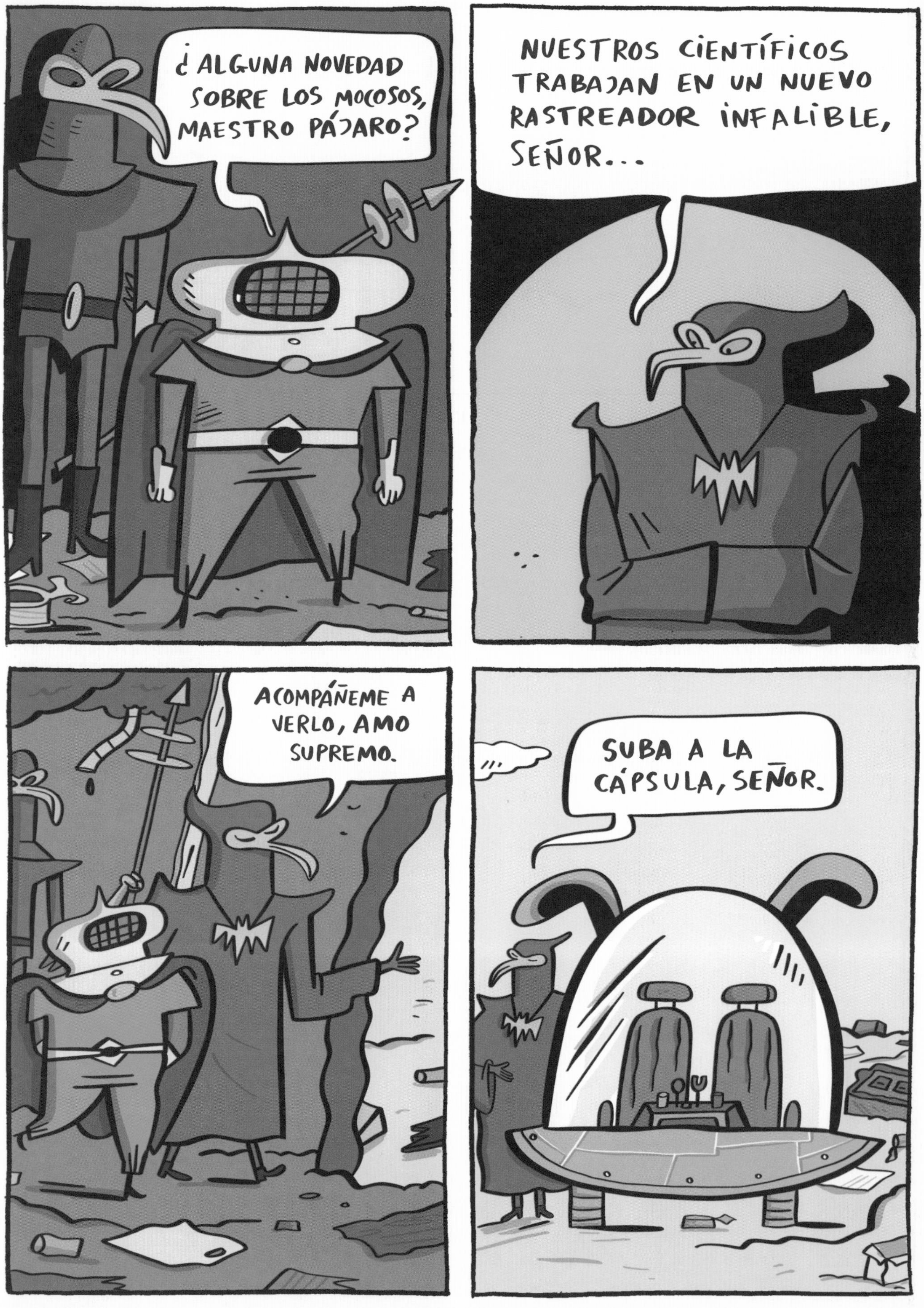
¿ALGUNA NOVEDAD SOBRE LOS MOCOSOS, MAESTRO PÁJARO?
NUESTROS CIENTÍFICOS TRABAJAN EN UN NUEVO RASTREADOR INFALIBLE, SEÑOR...
ACOMPÁÑEME A VERLO, AMO SUPREMO.
SUBA A LA CÁPSULA, SEÑOR.

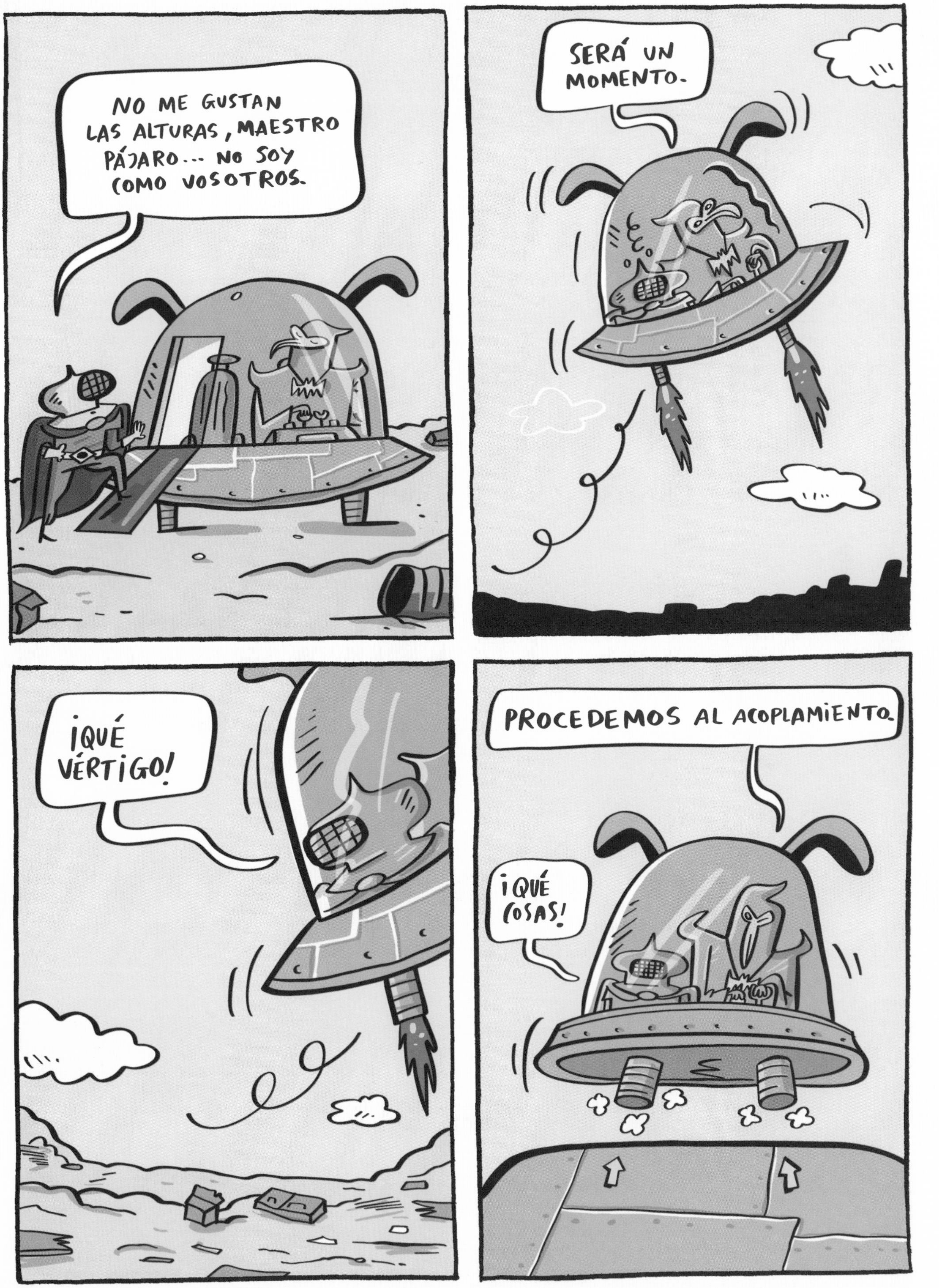
NO ME GUSTAN LAS ALTURAS, MAESTRO PÁJARO... NO SOY COMO VOSOTROS.
SERÁ UN MOMENTO.
¡QUÉ VÉRTIGO!
PROCEDEMOS AL ACOPLAMIENTO.
¡QUÉ COSAS!

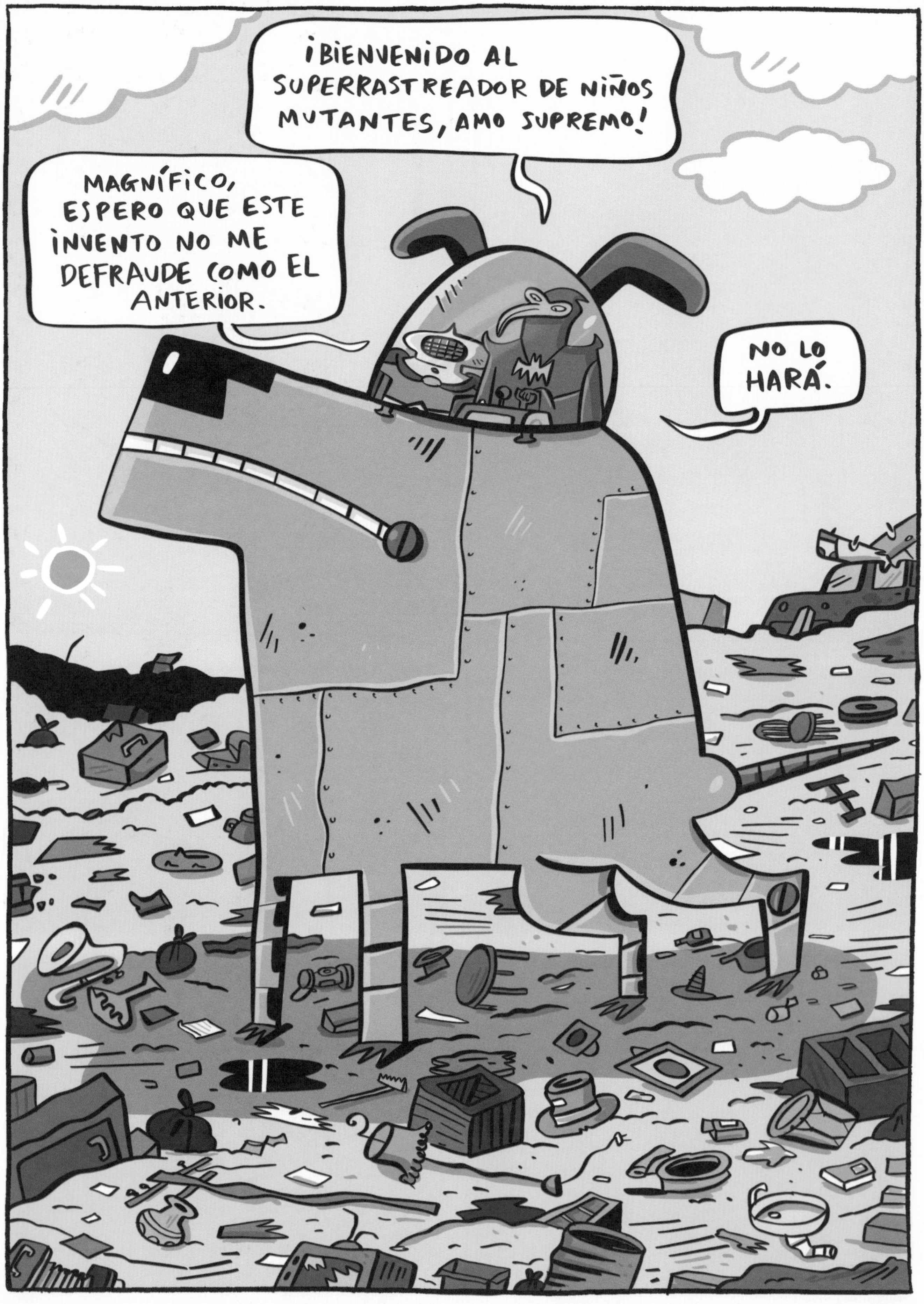
¡BIENVENIDO AL SUPERRASTREADOR DE NIÑOS MUTANTES, AMO SUPREMO!
MAGNÍFICO, ESPERO QUE ESTE INVENTO NO ME DEFRAUDE COMO EL ANTERIOR.
NO LO HARÁ.

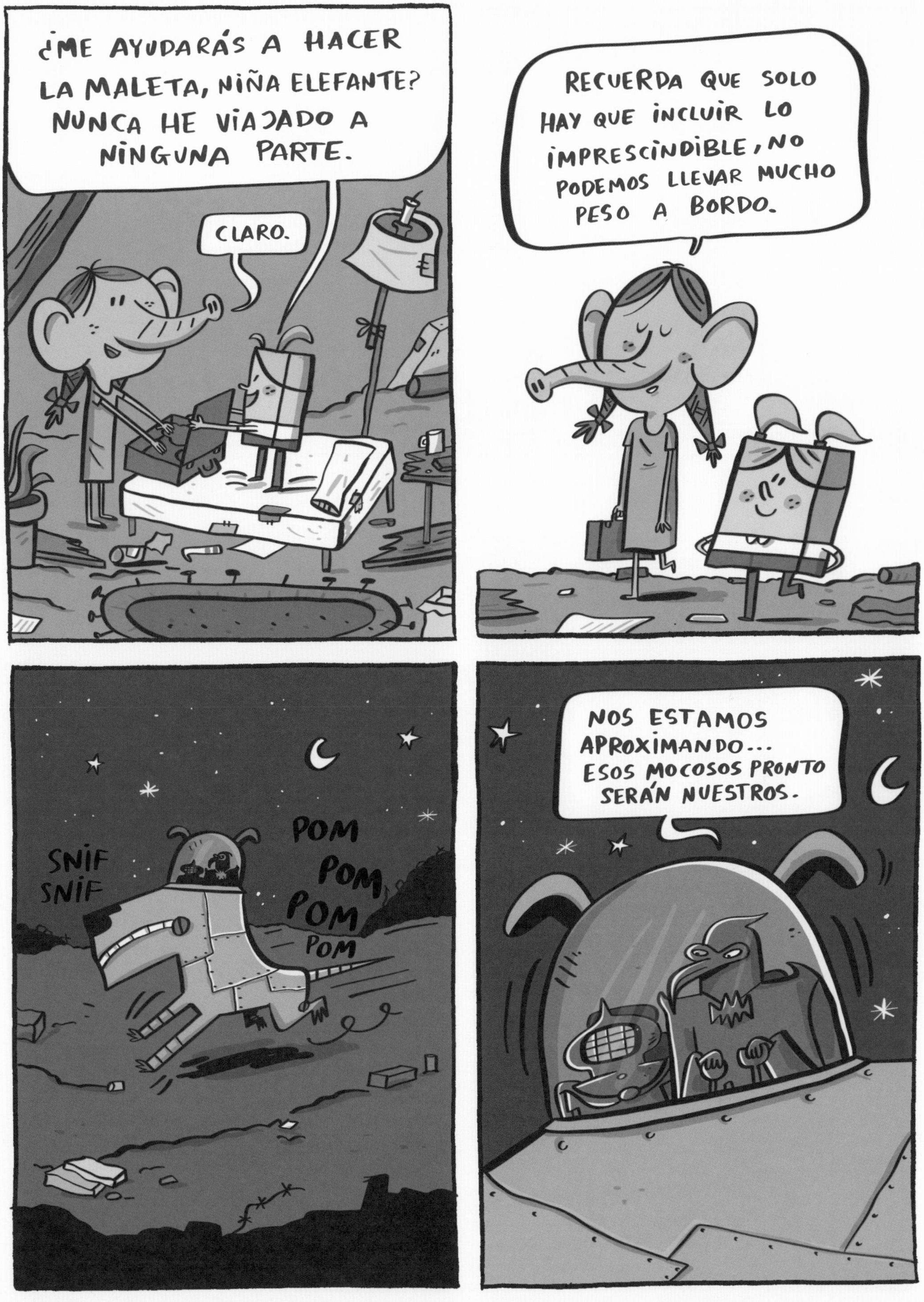
¿ME AYUDARÁS A HACER LA MALETA, NIÑA ELEFANTE? NUNCA HE VIAJADO A NINGUNA PARTE.
CLARO.
RECUERDA QUE SOLO HAY QUE INCLUIR LO IMPRESCINDIBLE, NO PODEMOS LLEVAR MUCHO PESO A BORDO.
SNIF SNIF
POM POM POM POM
NOS ESTAMOS APROXIMANDO... ESOS MOCOSOS PRONTO SERÁN NUESTROS.

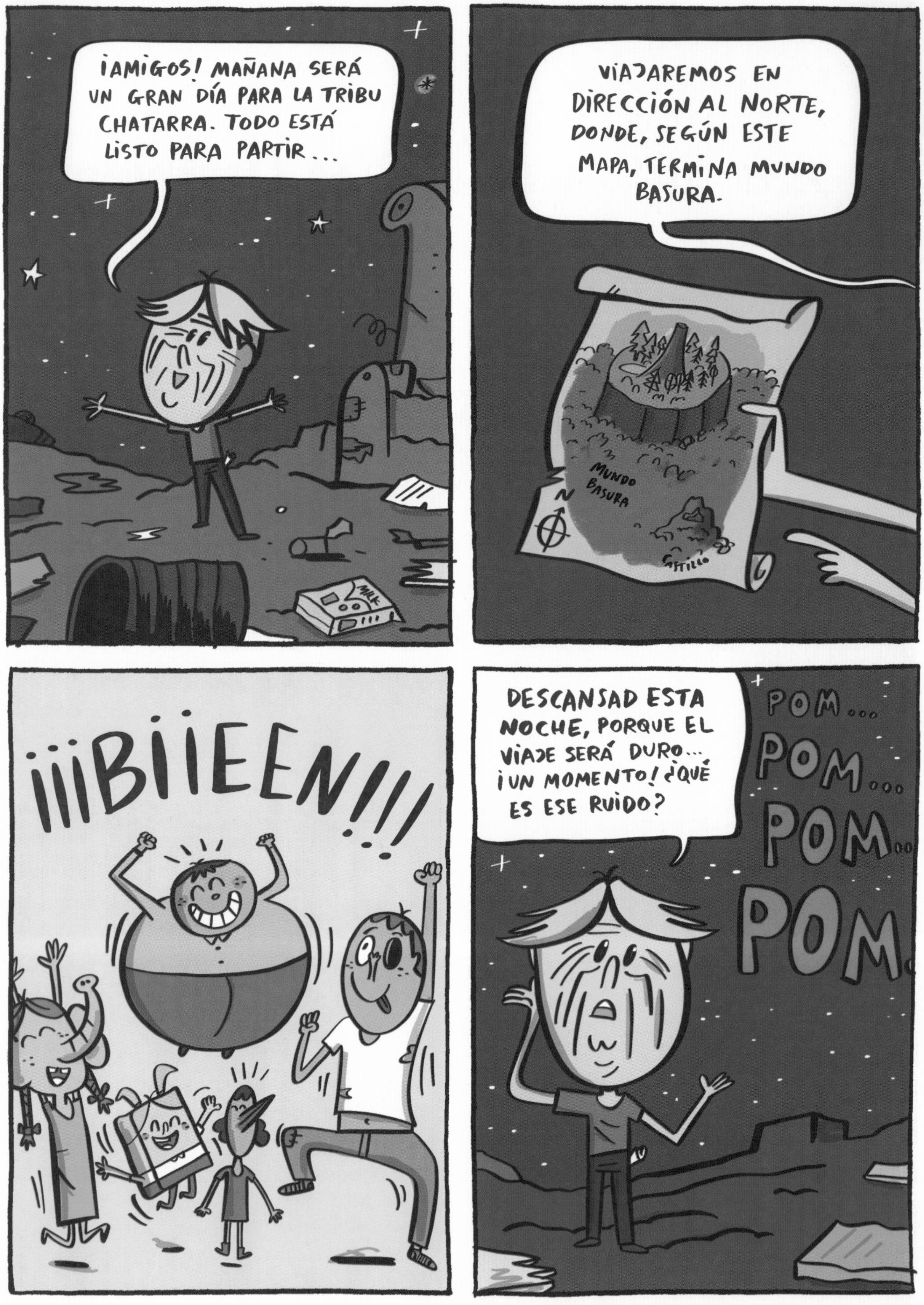
¡AMIGOS! MAÑANA SERÁ UN GRAN DÍA PARA LA TRIBU CHATARRA. TODO ESTÁ LISTO PARA PARTIR...
VIAJAREMOS EN DIRECCIÓN AL NORTE, DONDE, SEGÚN ESTE MAPA, TERMINA MUNDO BASURA.
MUNDO BASURA
N
CASTILLO
¡¡¡BIIEEN!!!
DESCANSAD ESTA NOCHE, PORQUE EL VIAJE SERÁ DURO... ¡UN MOMENTO! ¿QUÉ ES ESE RUIDO?
POM... POM... POM... POM.

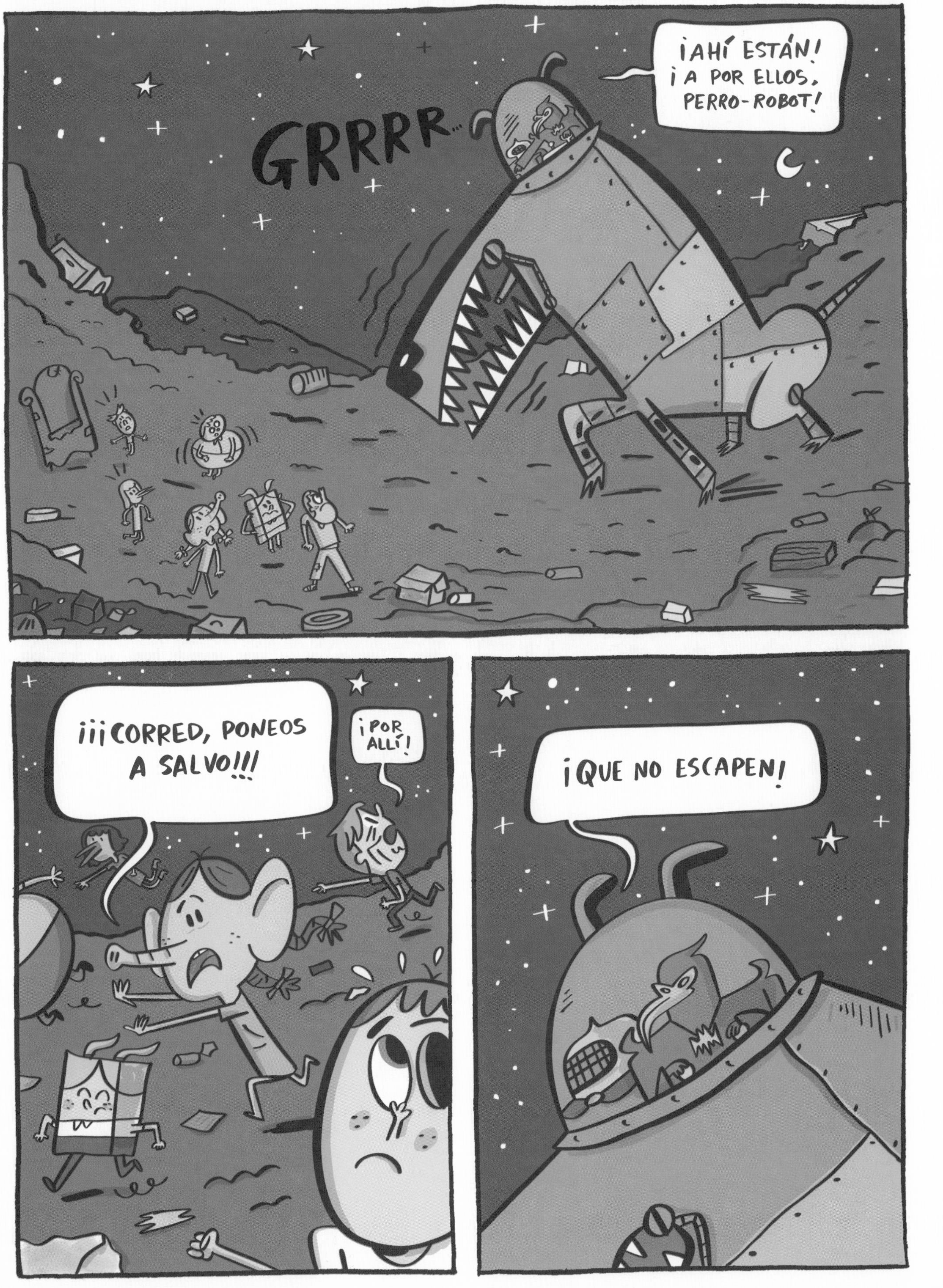
GRRRR...
¡AHÍ ESTÁN! ¡A POR ELLOS, PERRO-ROBOT!
¡¡¡CORRED, PONEOS A SALVO!!!
¡POR ALLÍ!
¡QUE NO ESCAPEN!

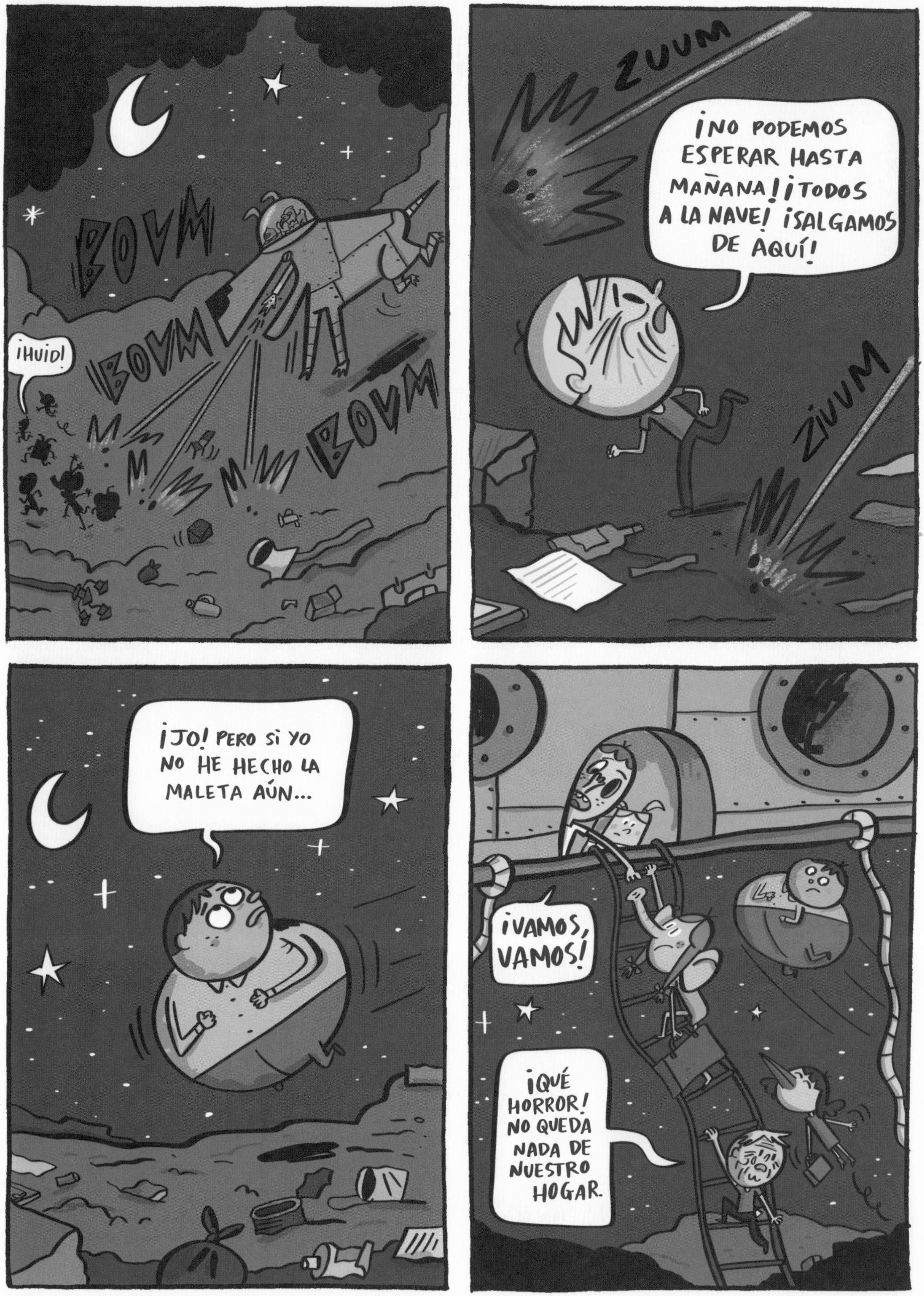
BOUM
BOUM
BOUM
¡HUID!
ZUUM
¡NO PODEMOS ESPERAR HASTA MAÑANA! ¡TODOS A LA NAVE! ¡SALGAMOS DE AQUÍ!
ZUUM
¡JO! PERO SI YO NO HE HECHO LA MALETA AÚN...
¡VAMOS, VAMOS!
¡QUÉ HORROR! NO QUEDA NADA DE NUESTRO HOGAR.

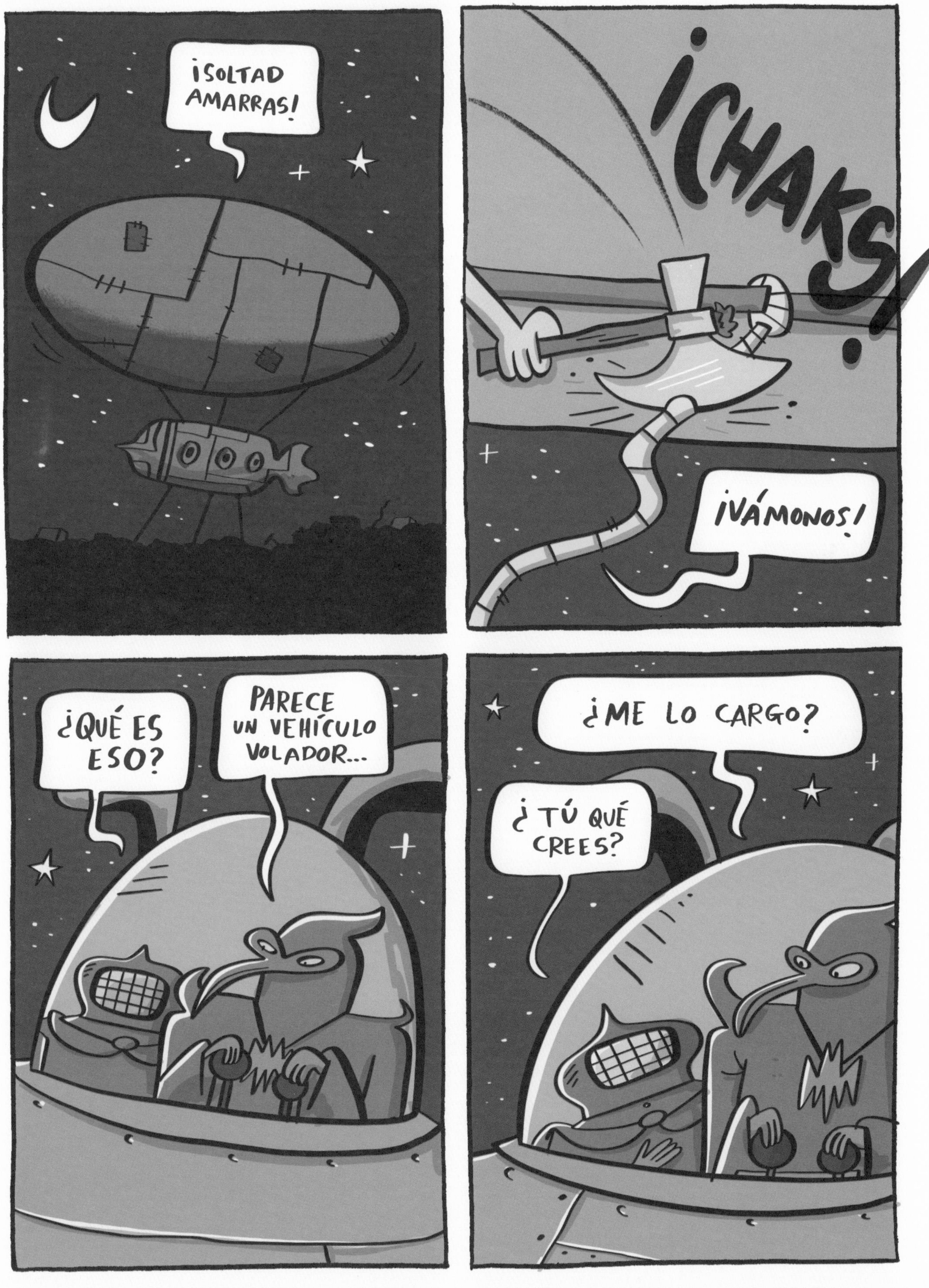
¡SOLTAD AMARRAS!
¡CHAKS!
¡VÁMONOS!
¿QUÉ ES ESO?
PARECE UN VEHÍCULO VOLADOR...
¿ME LO CARGO?
¿TÚ QUÉ CREES?

BOM
BOM
BOM
BOM
BOM
¿NO PUEDES APUNTAR MEJOR? ¡SE ESTÁN ESCAPANDO!
UTILIZARÉ LOS RAYOS ULTRAZOOM DE LAS OREJAS.

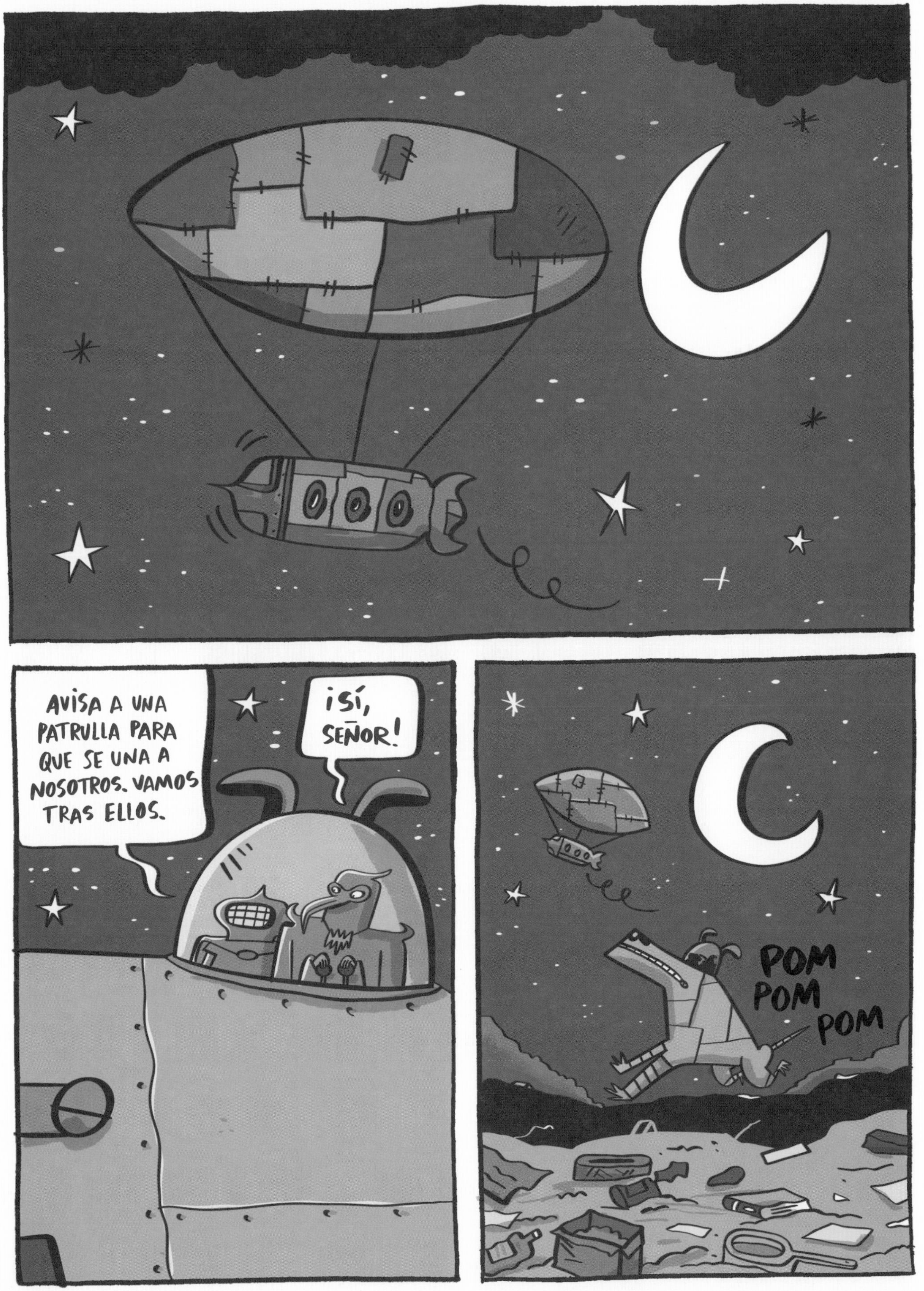
AVISA A UNA PATRULLA PARA QUE SE UNA A NOSOTROS. VAMOS TRAS ELLOS.
¡SÍ, SEÑOR!
POM POM POM

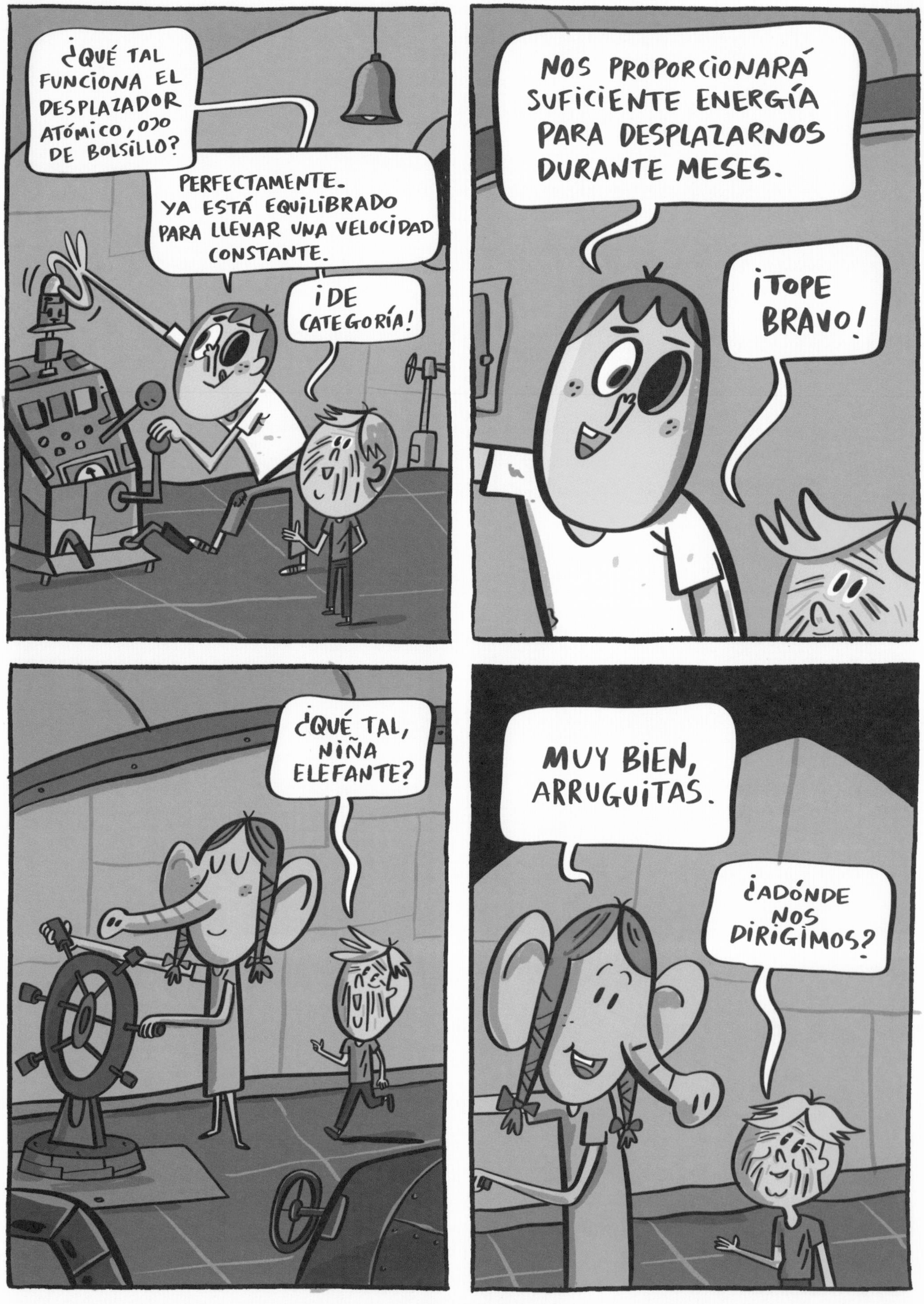
¿QUÉ TAL FUNCIONA EL DESPLAZADOR ATÓMICO, OJO DE BOLSILLO?
PERFECTAMENTE. YA ESTÁ EQUILIBRADO PARA LLEVAR UNA VELOCIDAD CONSTANTE.
¡DE CATEGORÍA!
NOS PROPORCIONARÁ SUFICIENTE ENERGÍA PARA DESPLAZARNOS DURANTE MESES.
¡TOPE BRAVO!
¿QUÉ TAL, NIÑA ELEFANTE?
MUY BIEN, ARRUGUITAS.
¿ADÓNDE NOS DIRIGIMOS?

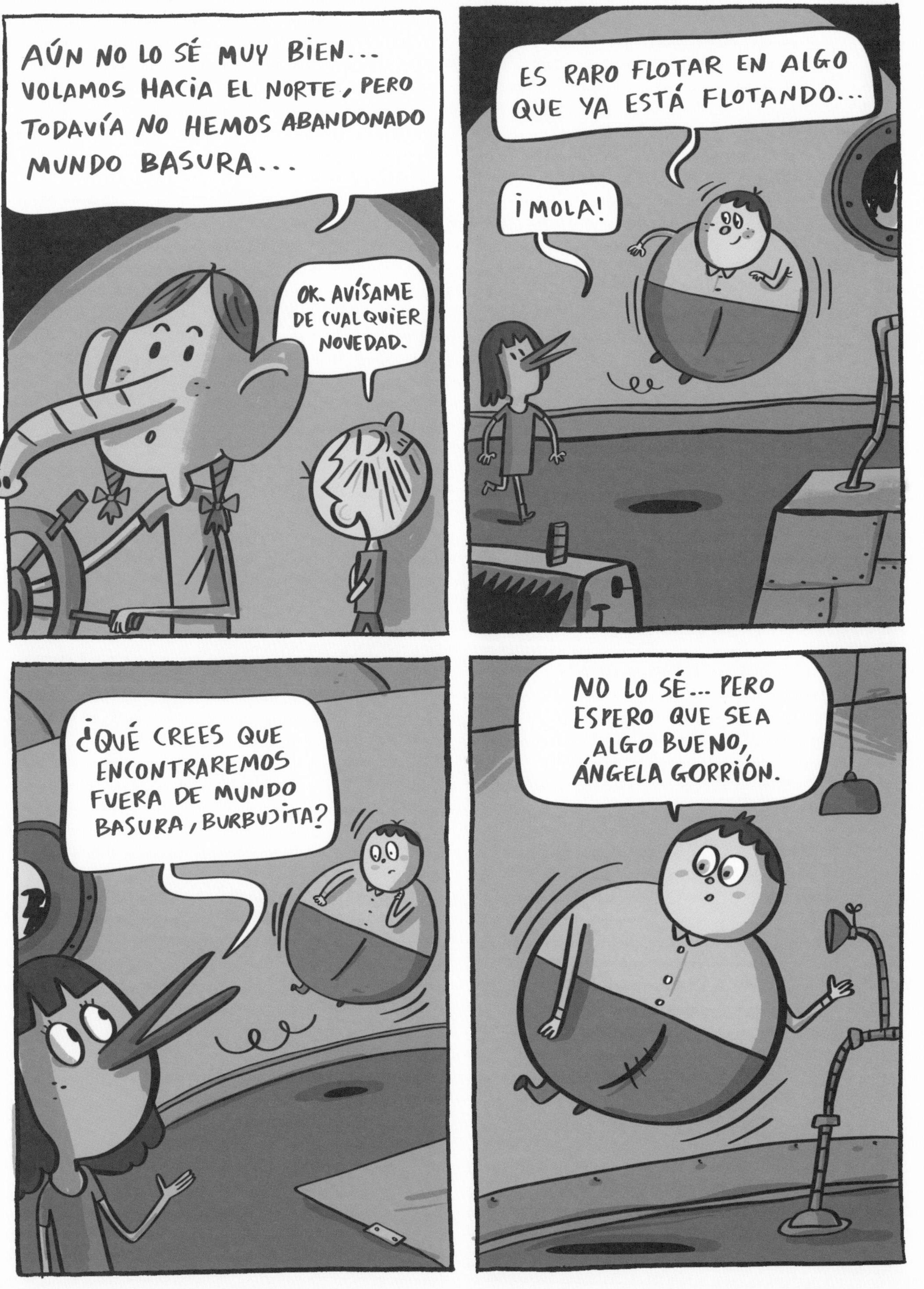
AÚN NO LO SÉ MUY BIEN... VOLAMOS HACIA EL NORTE, PERO TODAVÍA NO HEMOS ABANDONADO MUNDO BASURA...
OK. AVÍSAME DE CUALQUIER NOVEDAD.
ES RARO FLOTAR EN ALGO QUE YA ESTÁ FLOTANDO...
¡MOLA!
¿QUÉ CREES QUE ENCONTRAREMOS FUERA DE MUNDO BASURA, BURBUJITA?
NO LO SÉ... PERO ESPERO QUE SEA ALGO BUENO, ÁNGELA GORRIÓN.

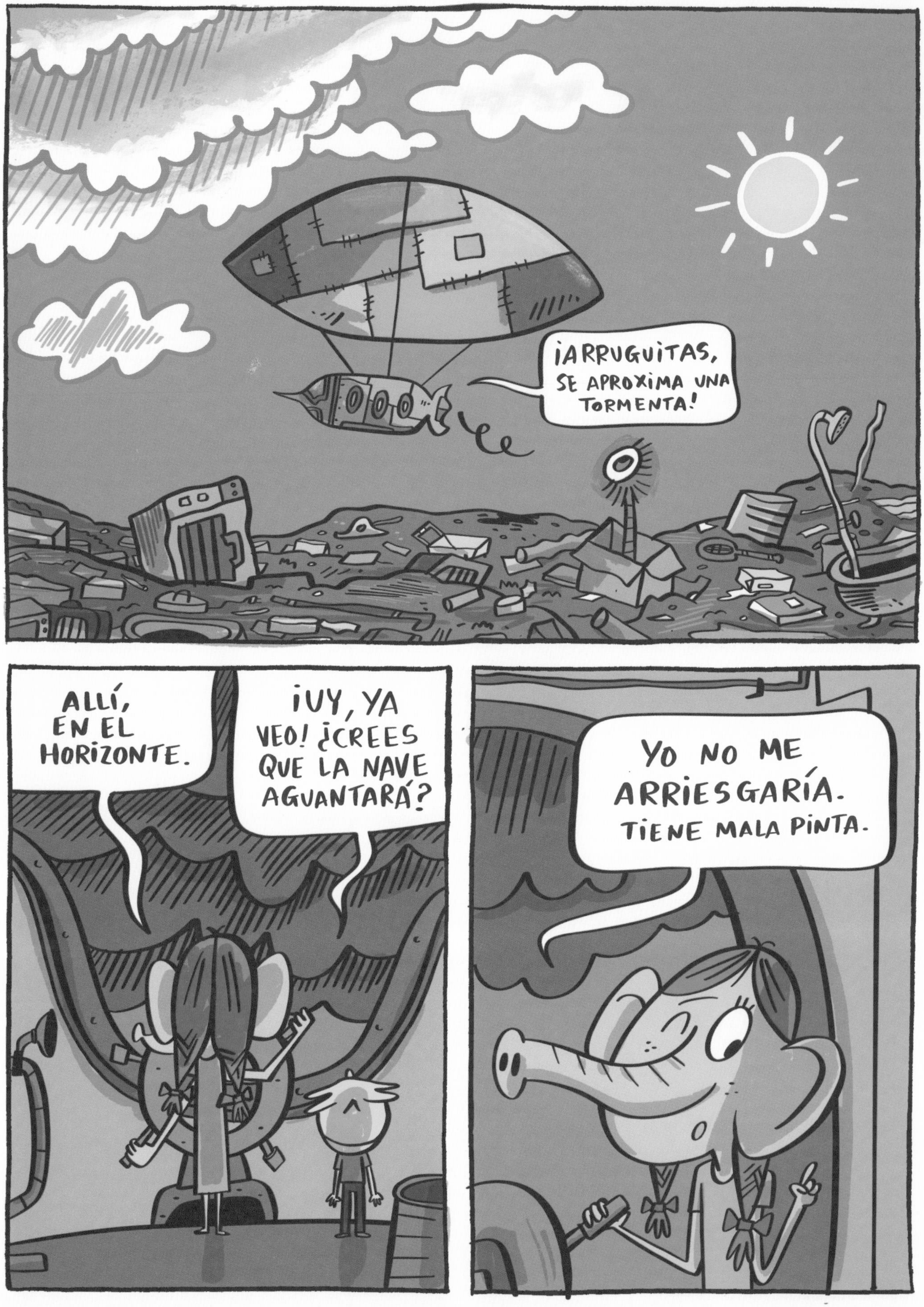
¡ARRUGUITAS, SE APROXIMA UNA TORMENTA!
ALLÍ, EN EL HORIZONTE.
¡UY, YA VEO! ¿CREES QUE LA NAVE AGUANTARÁ?
YO NO ME ARRIESGARÍA. TIENE MALA PINTA.

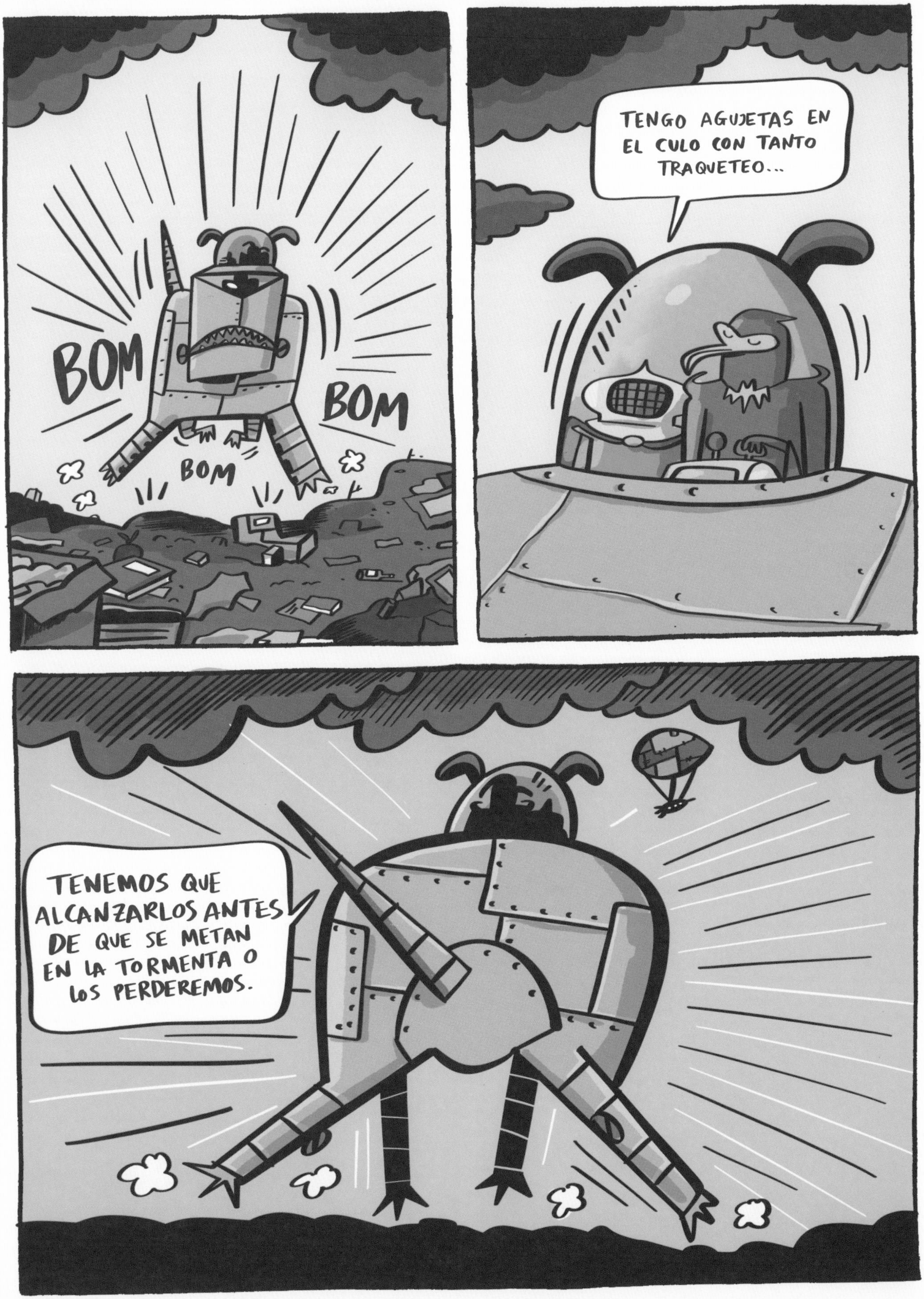

BOM
BOM
BOM
TENGO AGUJETAS EN EL CULO CON TANTO TRAQUETEO...
TENEMOS QUE ALCANZARLOS ANTES DE QUE SE METAN EN LA TORMENTA O LOS PERDEREMOS.

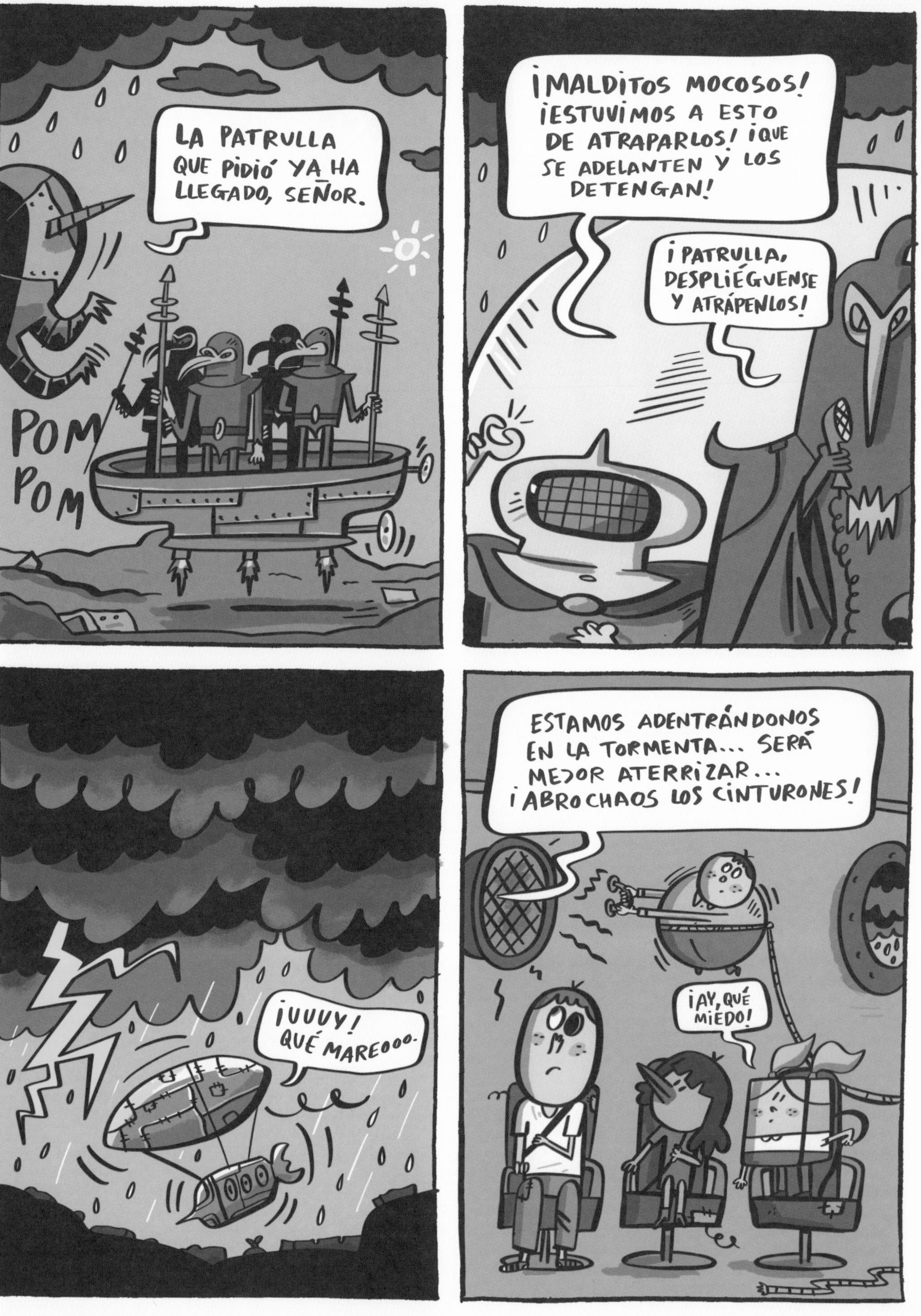
LA PATRULLA QUE PIDIÓ YA HA LLEGADO, SEÑOR.
POM POM
¡MALDITOS MOCOSOS! ¡ESTUVIMOS A ESTO DE ATRAPARLOS! ¡QUE SE ADELANTEN Y LOS DETENGAN!
¡PATRULLA, DESPLIÉGUENSE Y ATRÁPENLOS!
¡UUUY! QUÉ MAREOOO.
ESTAMOS ADENTRÁNDONOS EN LA TORMENTA... SERÁ MEJOR ATERRIZAR... ¡ABROCHAOS LOS CINTURONES!
¡AY, QUÉ MIEDO!

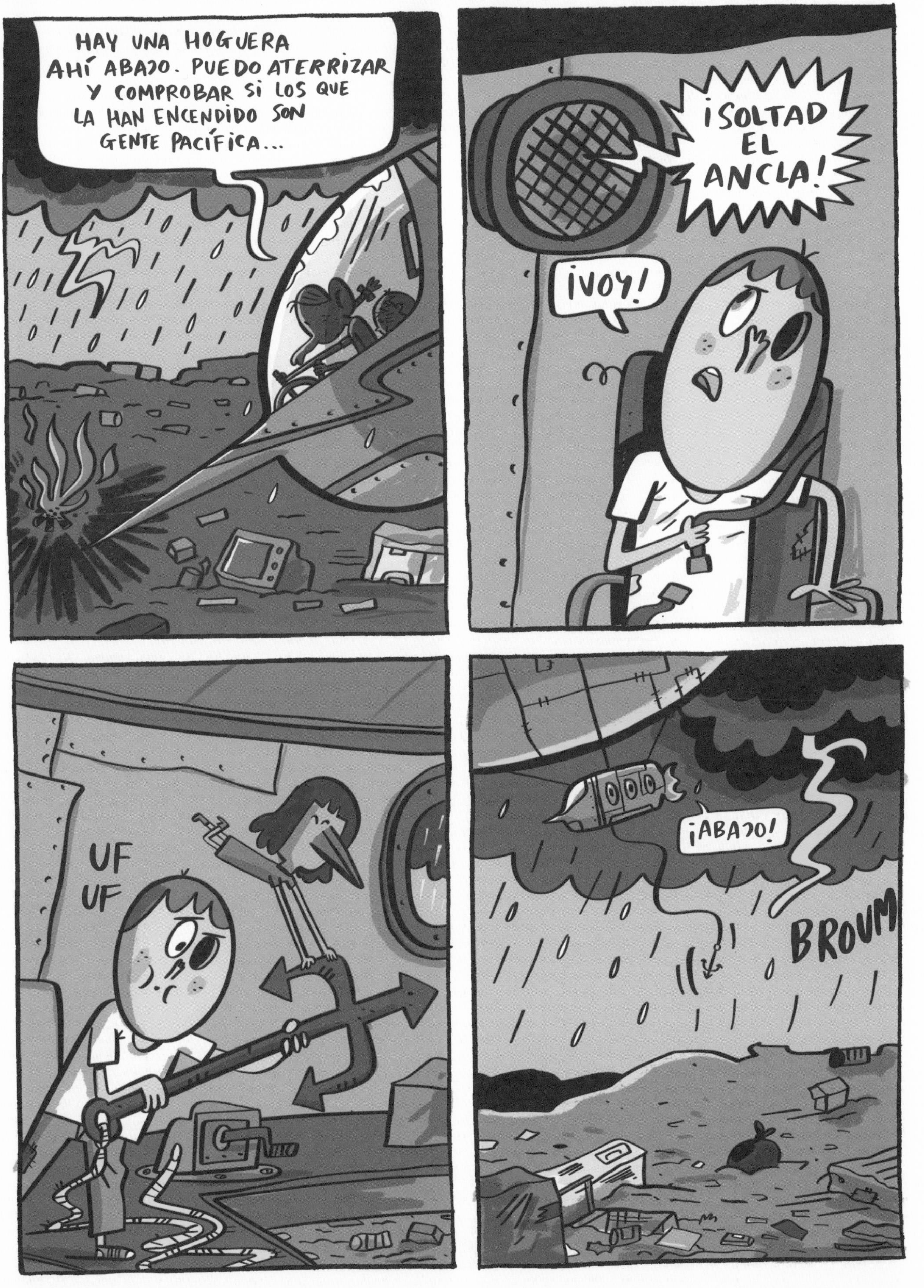
HAY UNA HOGUERA AHÍ ABAJO. PUEDO ATERRIZAR Y COMPROBAR SI LOS QUE LA HAN ENCENDIDO SON GENTE PACÍFICA...
¡SOLTAD EL ANCLA!
¡VOY!
UF UF
¡ABAJO!
BROUM

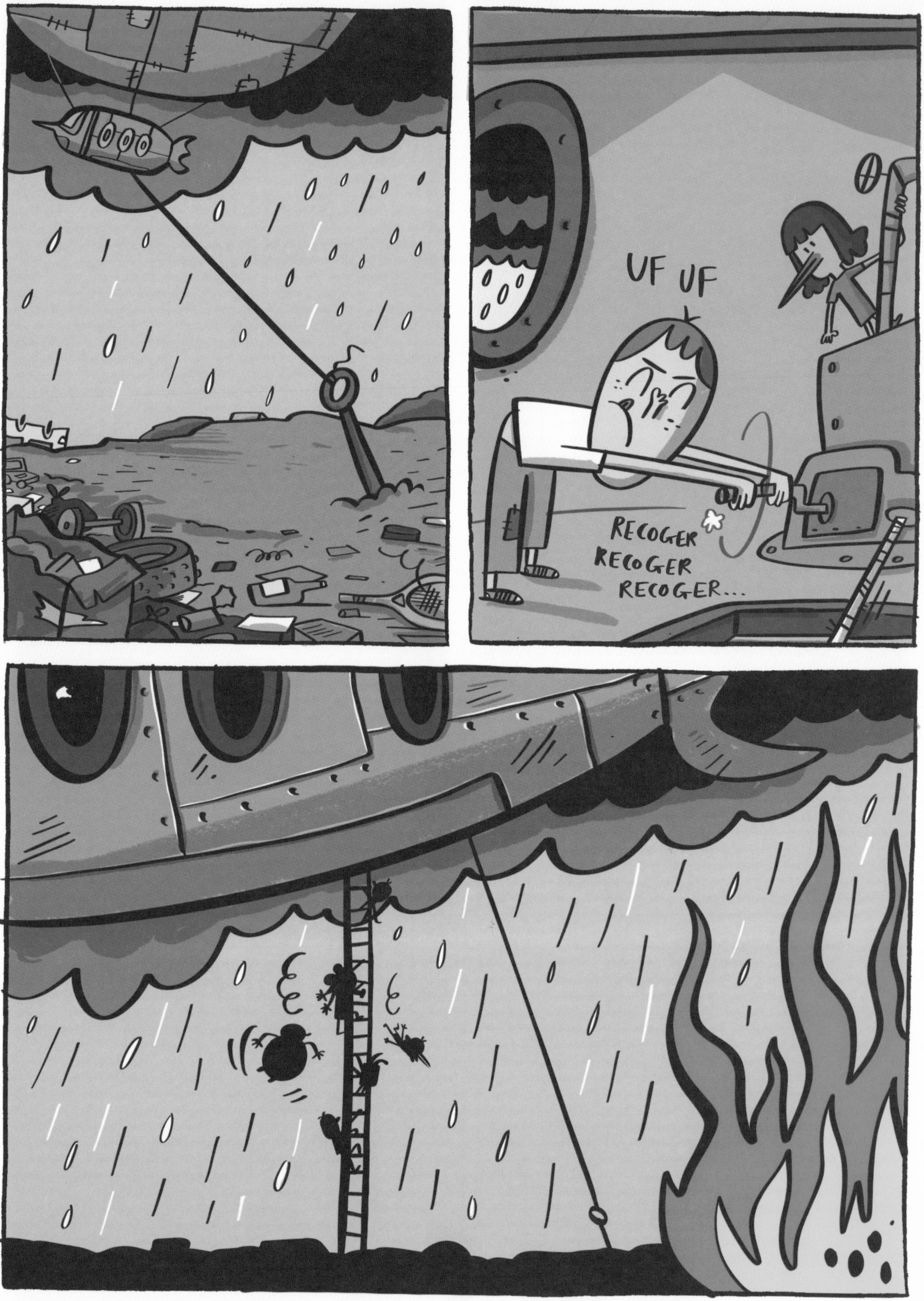
UF UF
RECOGER
RECOGER
RECOGER...

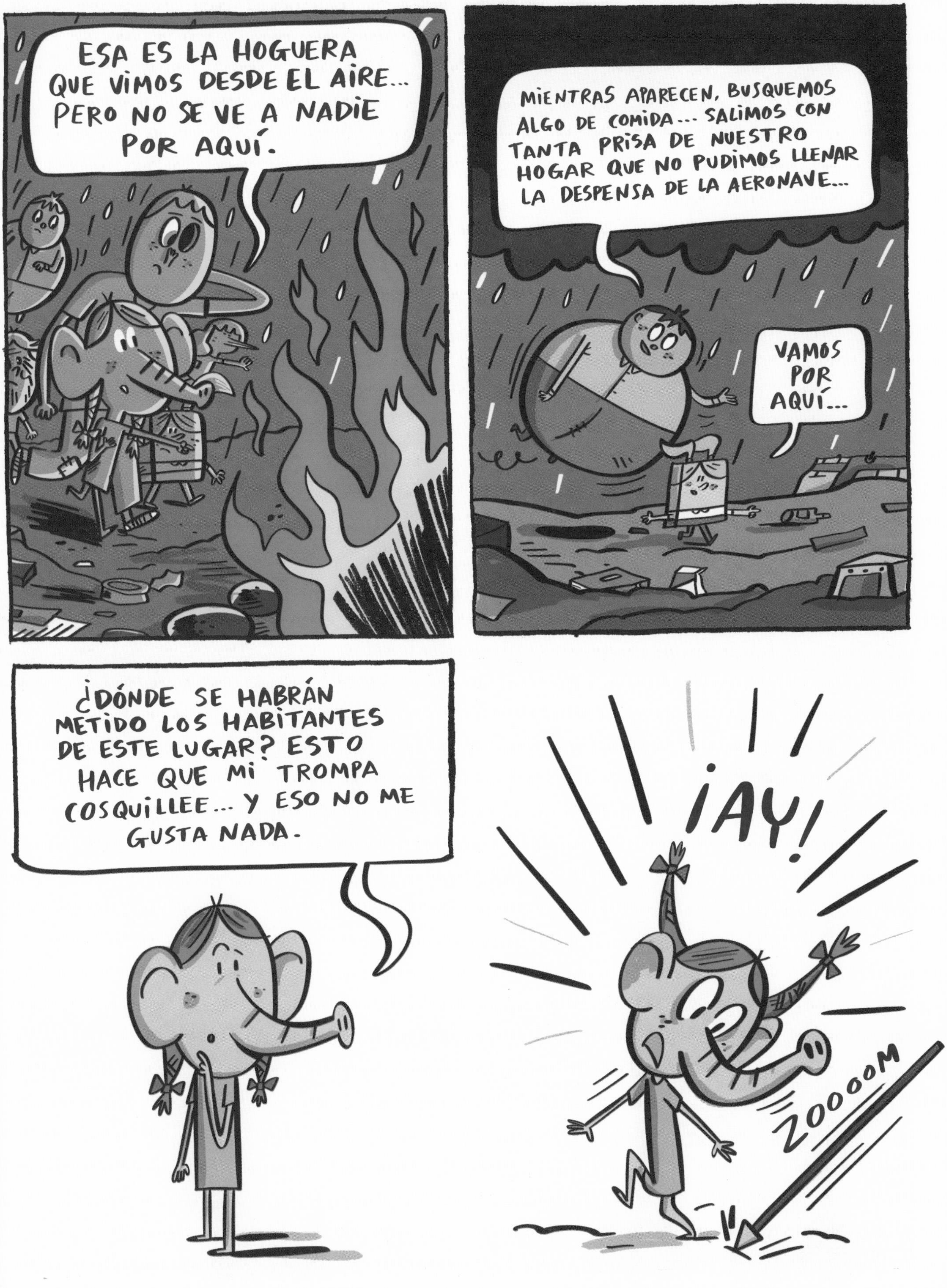
ESA ES LA HOGUERA QUE VIMOS DESDE EL AIRE... PERO NO SE VE A NADIE POR AQUÍ.
MIENTRAS APARECEN, BUSQUEMOS ALGO DE COMIDA... SALIMOS CON TANTA PRISA DE NUESTRO HOGAR QUE NO PUDIMOS LLENAR LA DESPENSA DE LA AERONAVE...
VAMOS POR AQUÍ...
¿DÓNDE SE HABRÁN METIDO LOS HABITANTES DE ESTE LUGAR? ESTO HACE QUE MI TROMPA COSQUILLEE... Y ESO NO ME GUSTA NADA.
¡AY!
ZOOOOM

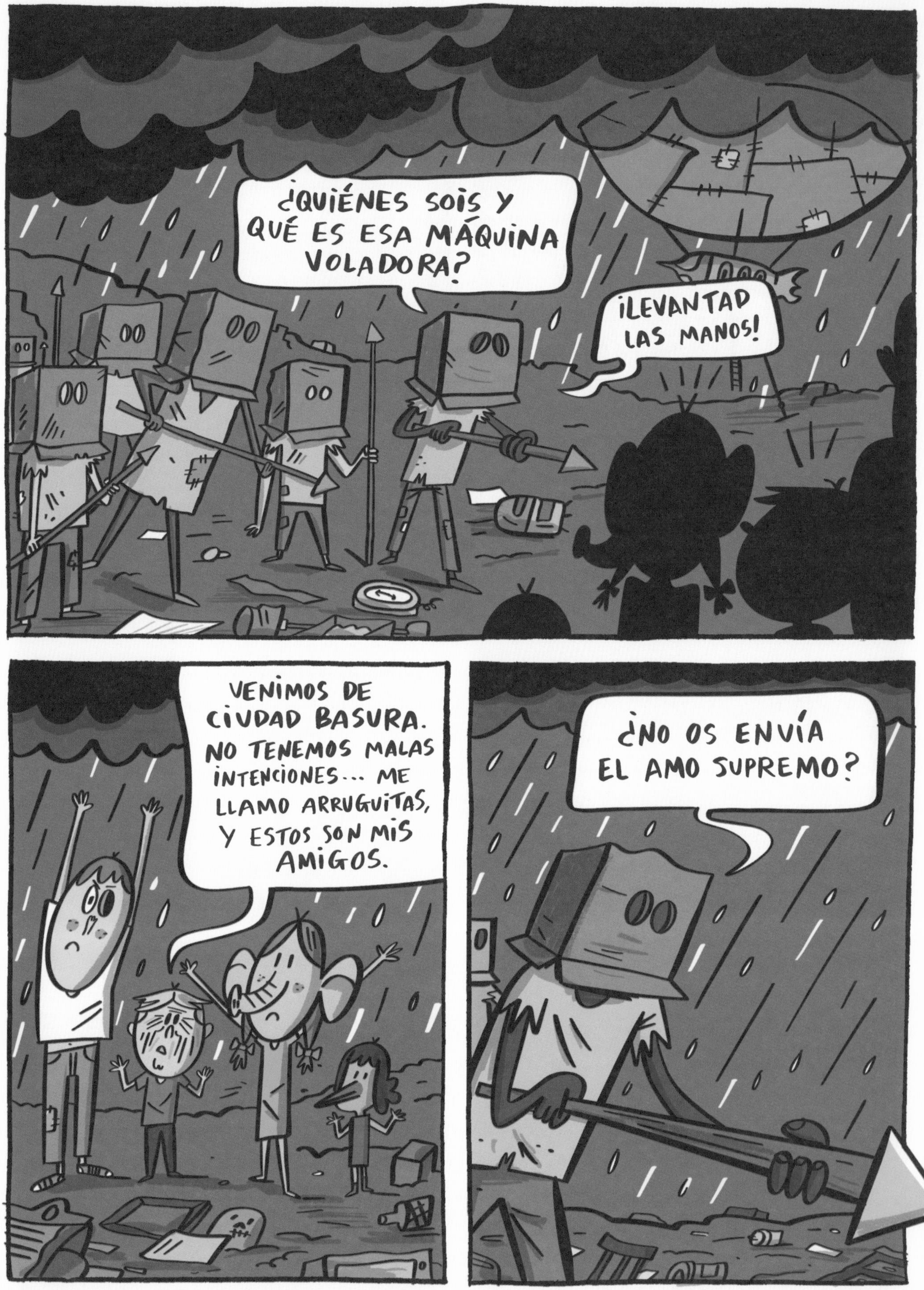
¿QUIÉNES SOIS Y QUÉ ES ESA MÁQUINA VOLADORA?
¡LEVANTAD LAS MANOS!
VENIMOS DE CIUDAD BASURA. NO TENEMOS MALAS INTENCIONES... ME LLAMO ARRUGUITAS, Y ESTOS SON MIS AMIGOS.
¿NO OS ENVÍA EL AMO SUPREMO?

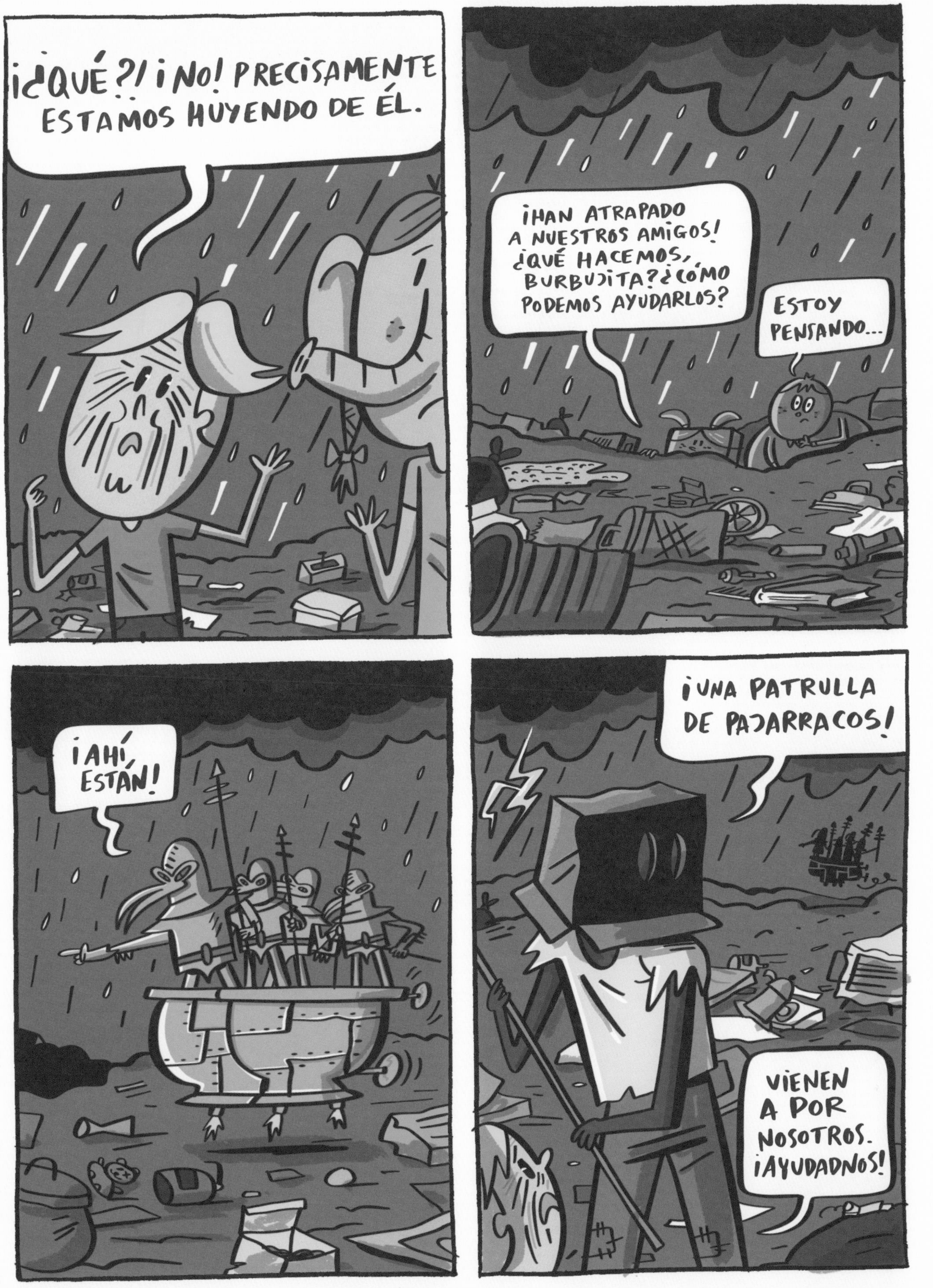
¡¿QUÉ?! ¡NO! PRECISAMENTE ESTAMOS HUYENDO DE ÉL.
¡HAN ATRAPADO A NUESTROS AMIGOS! ¿QUÉ HACEMOS, BURBUJITA? ¿CÓMO PODEMOS AYUDARLOS?
ESTOY PENSANDO...
¡AHÍ ESTÁN!
¡UNA PATRULLA DE PAJARRACOS!
VIENEN A POR NOSOTROS. ¡AYUDADNOS!

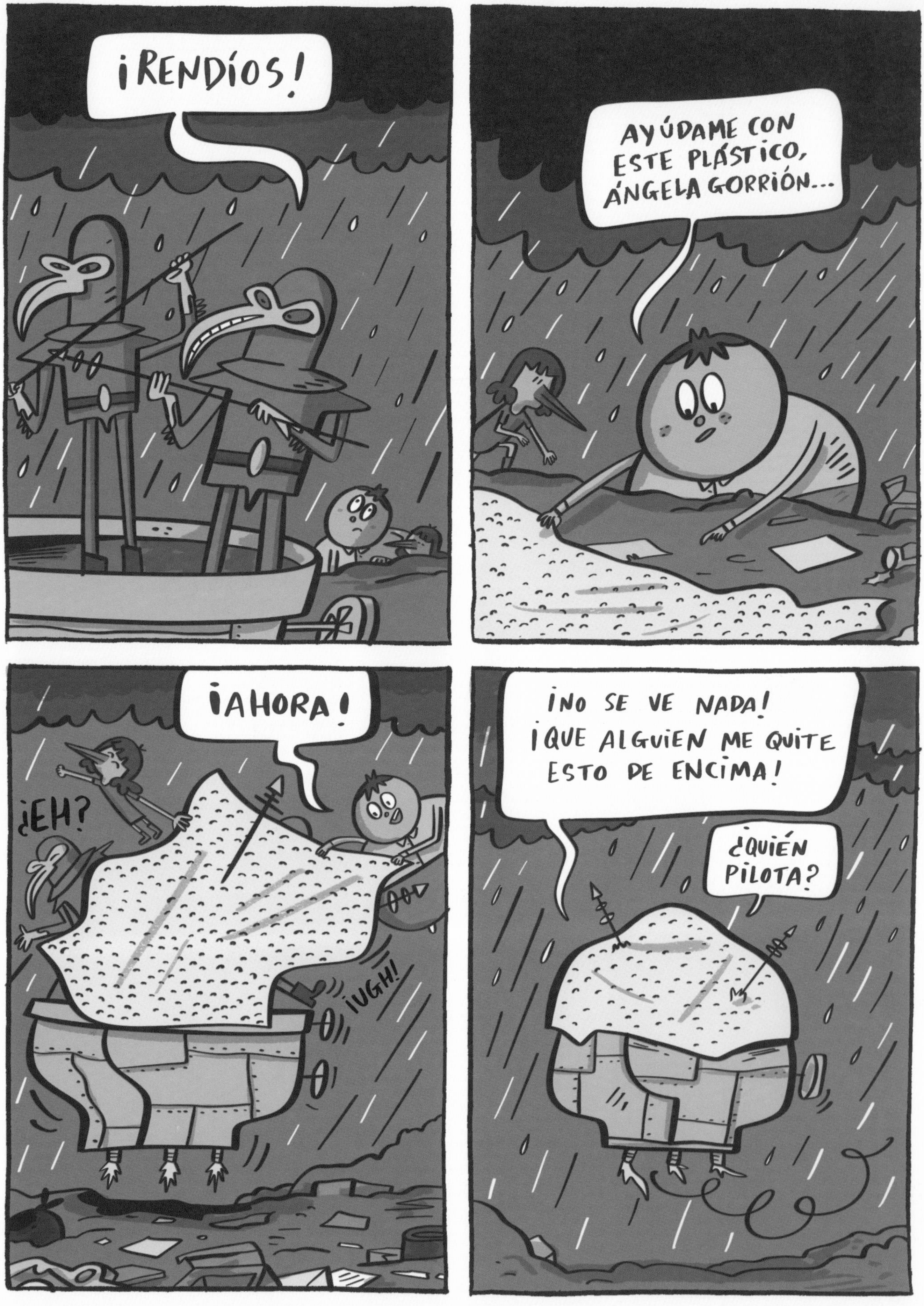
¡RENDÍOS!
AYÚDAME CON ESTE PLÁSTICO, ÁNGELA GORRIÓN...
¡AHORA!
¿EH?
¡UGH!
¡NO SE VE NADA! ¡QUE ALGUIEN ME QUITE ESTO DE ENCIMA!
¿QUIÉN PILOTA?

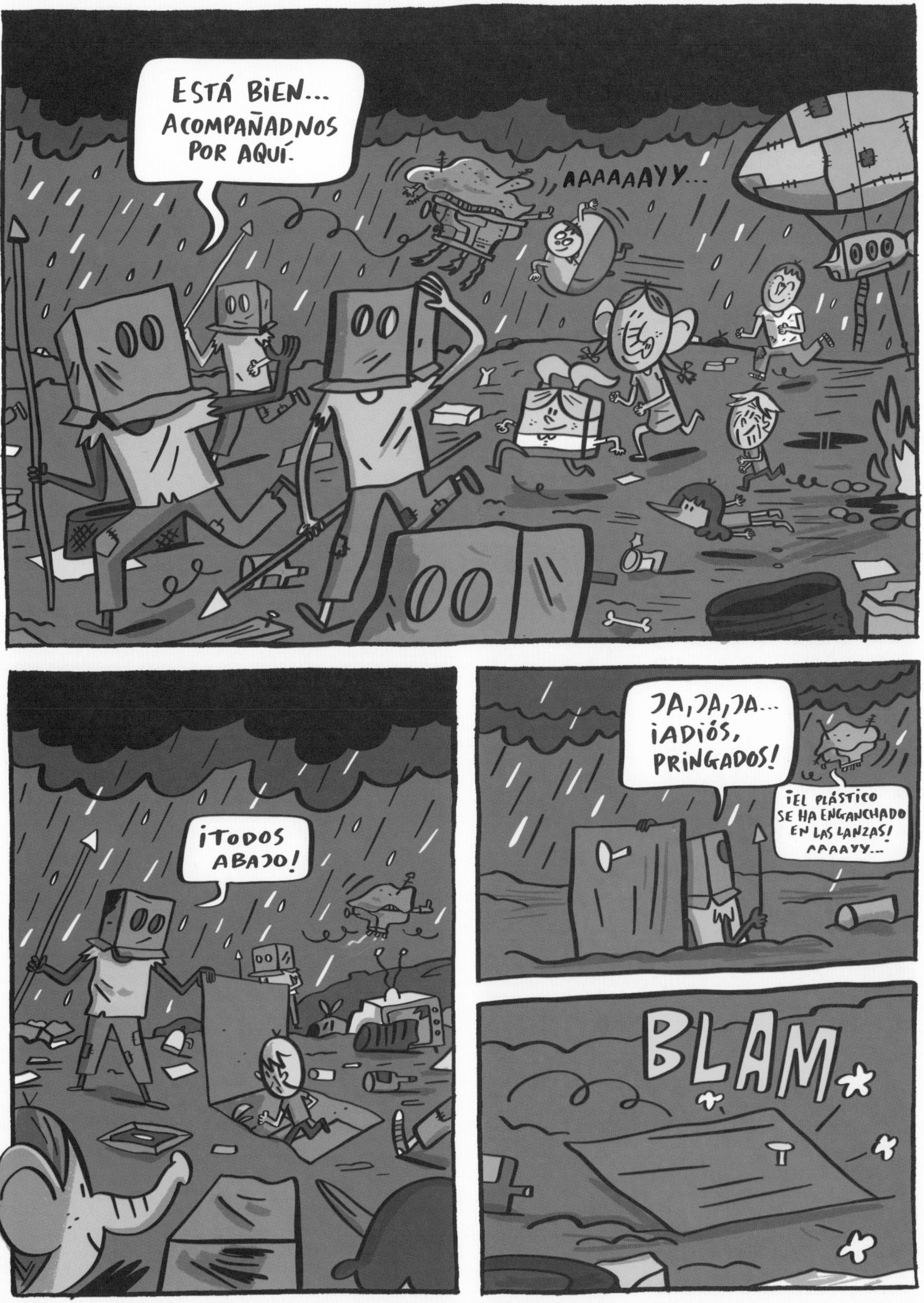
ESTÁ BIEN... ACOMPAÑADNOS POR AQUÍ.
AAAAAAYY...
¡TODOS ABAJO!
JA, JA, JA... ¡ADIÓS, PRINGADOS!
¡EL PLÁSTICO SE HA ENGANCHADO EN LAS LANZAS! AAAAYY...
BLAM

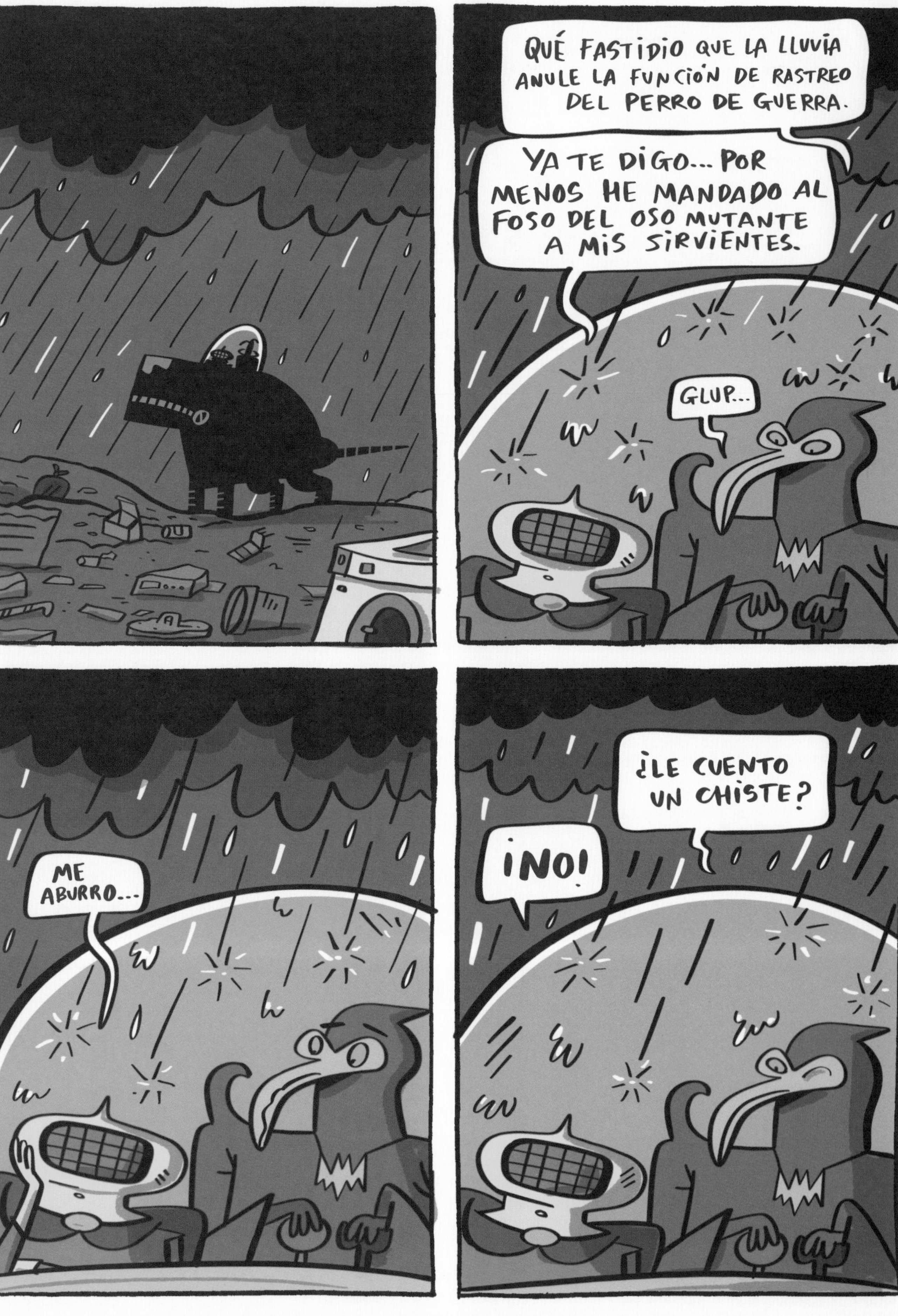
QUÉ FASTIDIO QUE LA LLUVIA ANULE LA FUNCIÓN DE RASTREO DEL PERRO DE GUERRA.
YA TE DIGO... POR MENOS HE MANDADO AL FOSO DEL OSO MUTANTE A MIS SIRVIENTES.
GLUP...
ME ABURRO...
¿LE CUENTO UN CHISTE?
¡NO!

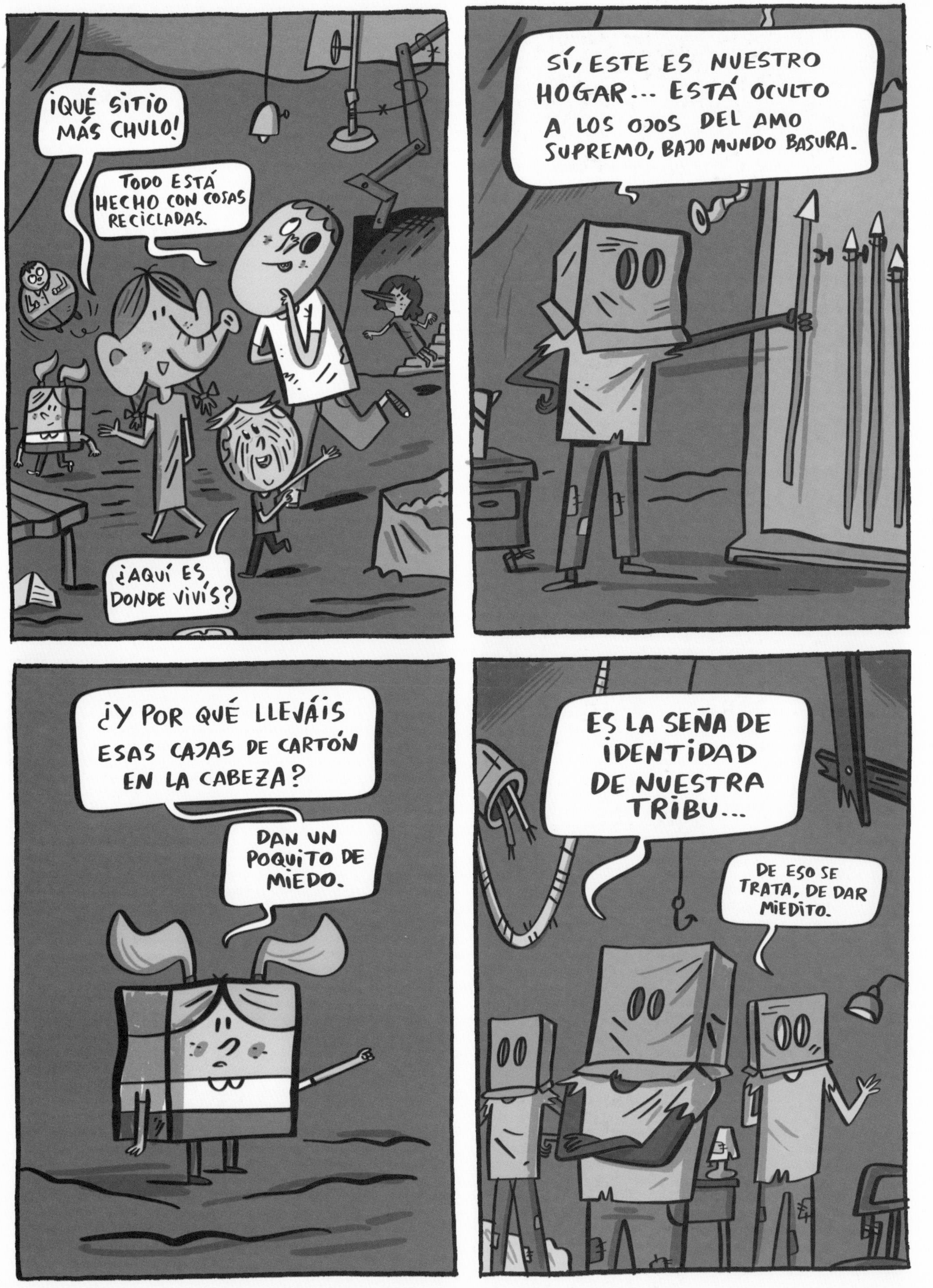
¡QUÉ SITIO MÁS CHULO!
TODO ESTÁ HECHO CON COSAS RECICLADAS.
¿AQUÍ ES DONDE VIVÍS?
SÍ, ESTE ES NUESTRO HOGAR... ESTÁ OCULTO A LOS OJOS DEL AMO SUPREMO, BAJO MUNDO BASURA.
¿Y POR QUÉ LLEVÁIS ESAS CAJAS DE CARTÓN EN LA CABEZA?
DAN UN POQUITO DE MIEDO.
ES LA SEÑA DE IDENTIDAD DE NUESTRA TRIBU...
DE ESO SE TRATA, DE DAR MIEDITO.

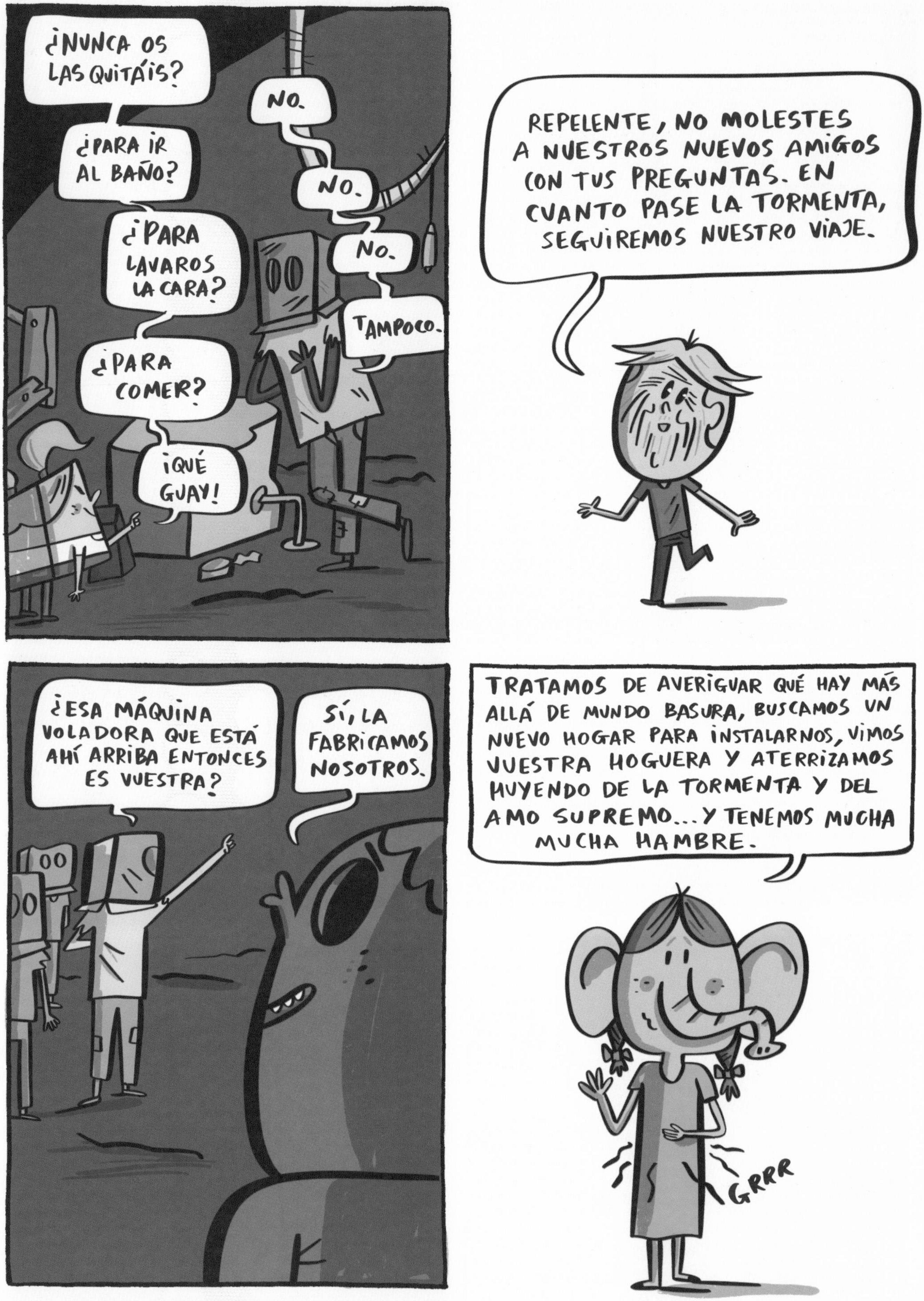
¿NUNCA OS LAS QUITÁIS?
NO.
¿PARA IR AL BAÑO?
NO.
¿PARA LAVAROS LA CARA?
NO.
¿PARA COMER?
TAMPOCO.
¡QUÉ GUAY!
REPELENTE, NO MOLESTES A NUESTROS NUEVOS AMIGOS CON TUS PREGUNTAS. EN CUANTO PASE LA TORMENTA, SEGUIREMOS NUESTRO VIAJE.
¿ESA MÁQUINA VOLADORA QUE ESTÁ AHÍ ARRIBA ENTONCES ES VUESTRA?
SÍ, LA FABRICAMOS NOSOTROS.
TRATAMOS DE AVERIGUAR QUÉ HAY MÁS ALLÁ DE MUNDO BASURA, BUSCAMOS UN NUEVO HOGAR PARA INSTALARNOS, VIMOS VUESTRA HOGUERA Y ATERRIZAMOS HUYENDO DE LA TORMENTA Y DEL AMO SUPREMO... Y TENEMOS MUCHA MUCHA HAMBRE.
GRRR

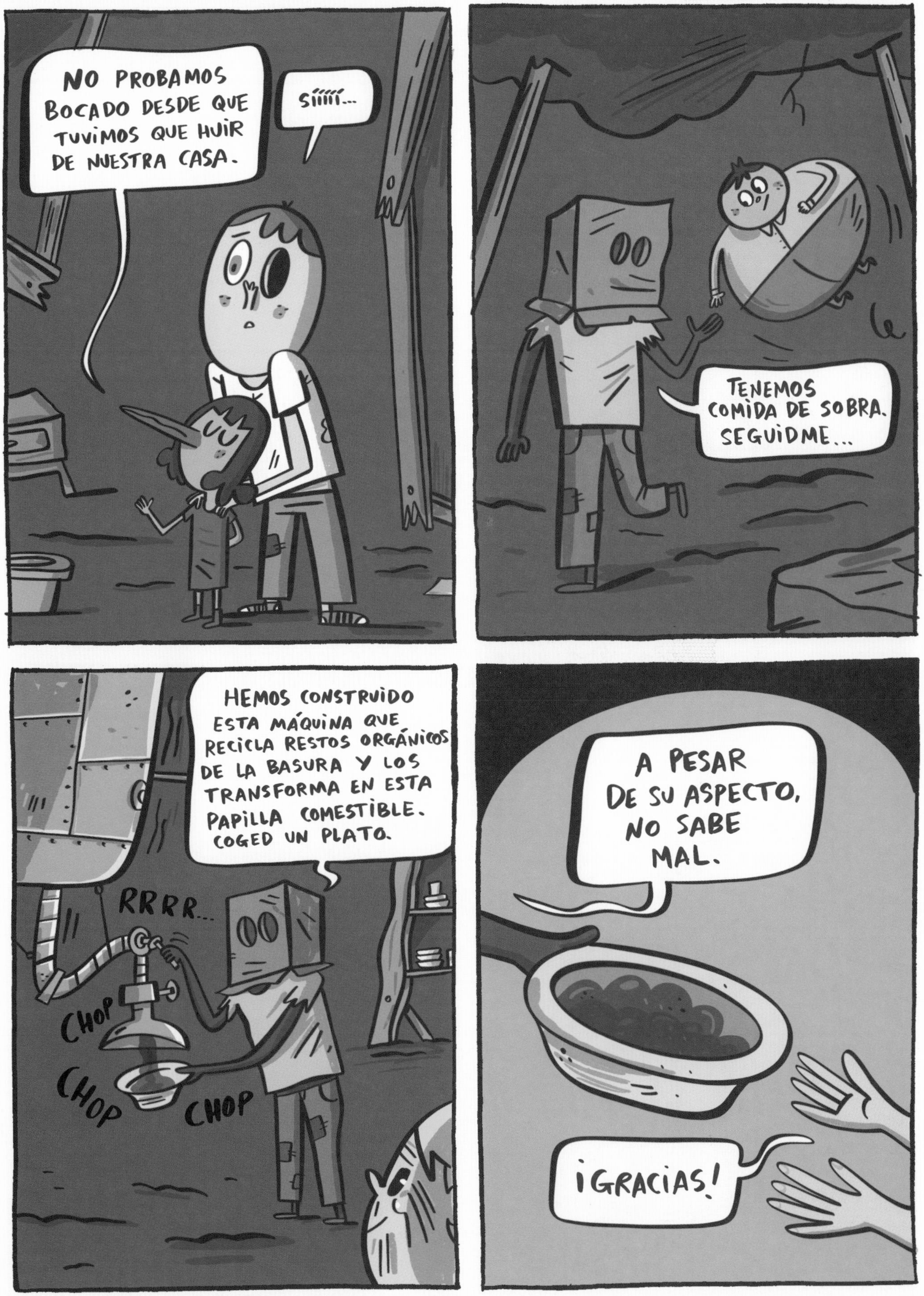
NO PROBAMOS BOCADO DESDE QUE TUVIMOS QUE HUIR DE NUESTRA CASA.
SÍÍÍÍÍ...
TENEMOS COMIDA DE SOBRA. SEGUIDME...
HEMOS CONSTRUIDO ESTA MÁQUINA QUE RECICLA RESTOS ORGÁNICOS DE LA BASURA Y LOS TRANSFORMA EN ESTA PAPILLA COMESTIBLE. COGED UN PLATO.
RRRR...
CHOP
CHOP
CHOP
A PESAR DE SU ASPECTO, NO SABE MAL.
¡GRACIAS!

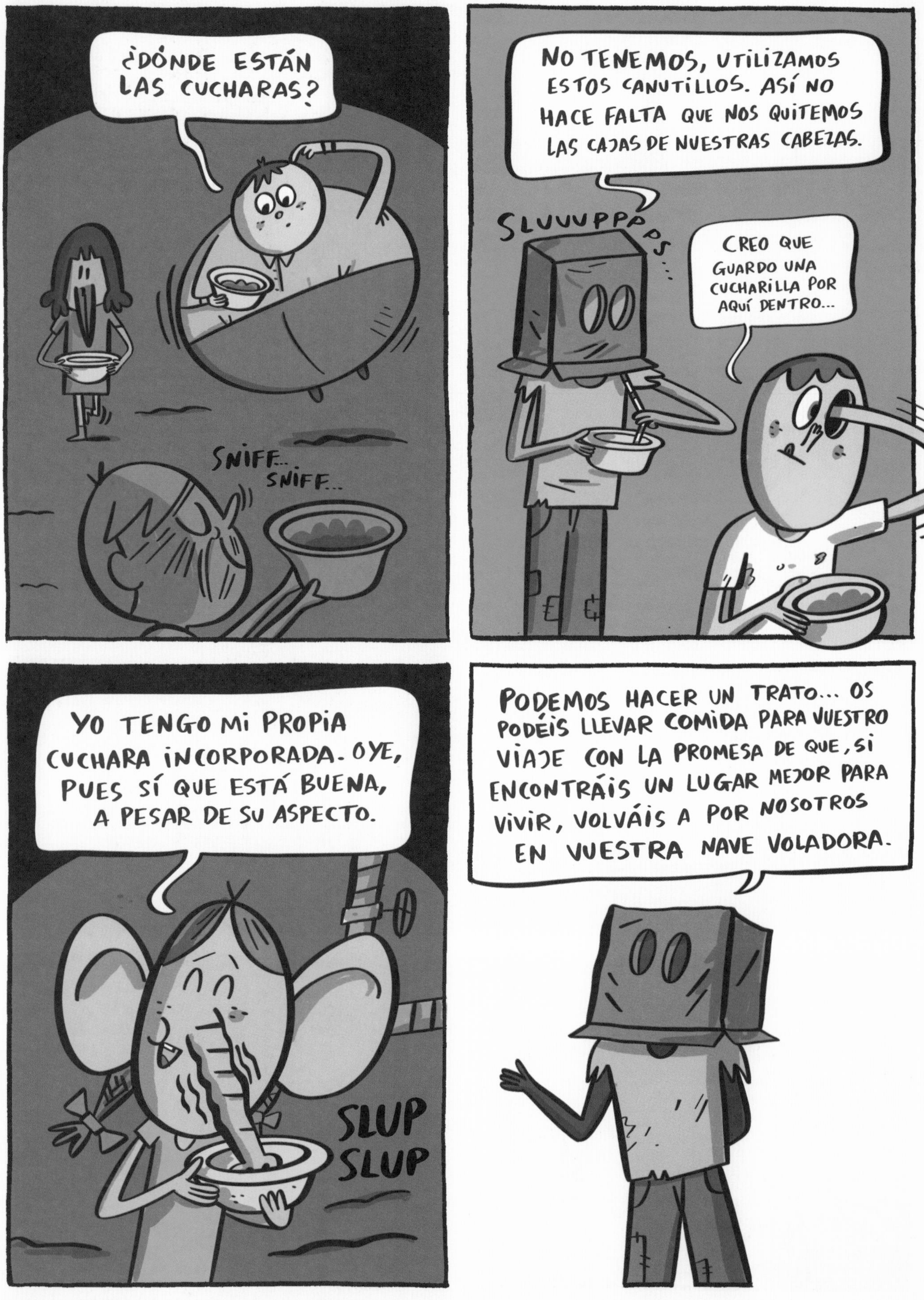
¿DÓNDE ESTÁN LAS CUCHARAS?
SNIFF... SNIFF...
NO TENEMOS, UTILIZAMOS ESTOS CANUTILLOS. ASÍ NO HACE FALTA QUE NOS QUITEMOS LAS CAJAS DE NUESTRAS CABEZAS.
SLUUUPPPPS...
CREO QUE GUARDO UNA CUCHARILLA POR AQUÍ DENTRO...
YO TENGO MI PROPIA CUCHARA INCORPORADA. OYE, PUES SÍ QUE ESTÁ BUENA, A PESAR DE SU ASPECTO.
SLUP SLUP
PODEMOS HACER UN TRATO... OS PODÉIS LLEVAR COMIDA PARA VUESTRO VIAJE CON LA PROMESA DE QUE, SI ENCONTRÁIS UN LUGAR MEJOR PARA VIVIR, VOLVÁIS A POR NOSOTROS EN VUESTRA NAVE VOLADORA.

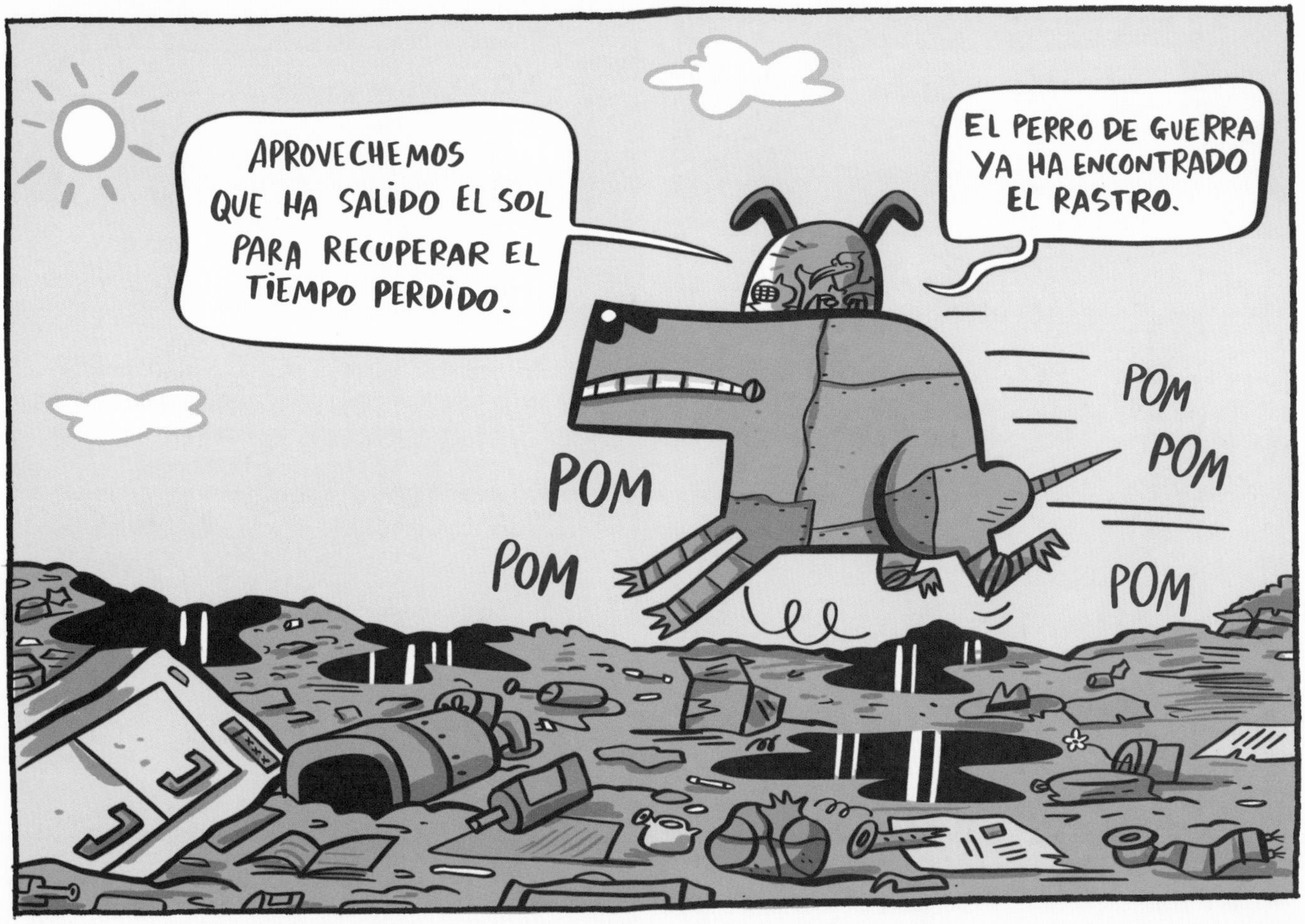
APROVECHEMOS QUE HA SALIDO EL SOL PARA RECUPERAR EL TIEMPO PERDIDO.
EL PERRO DE GUERRA YA HA ENCONTRADO EL RASTRO.
POM
POM
POM
POM
POM
POM

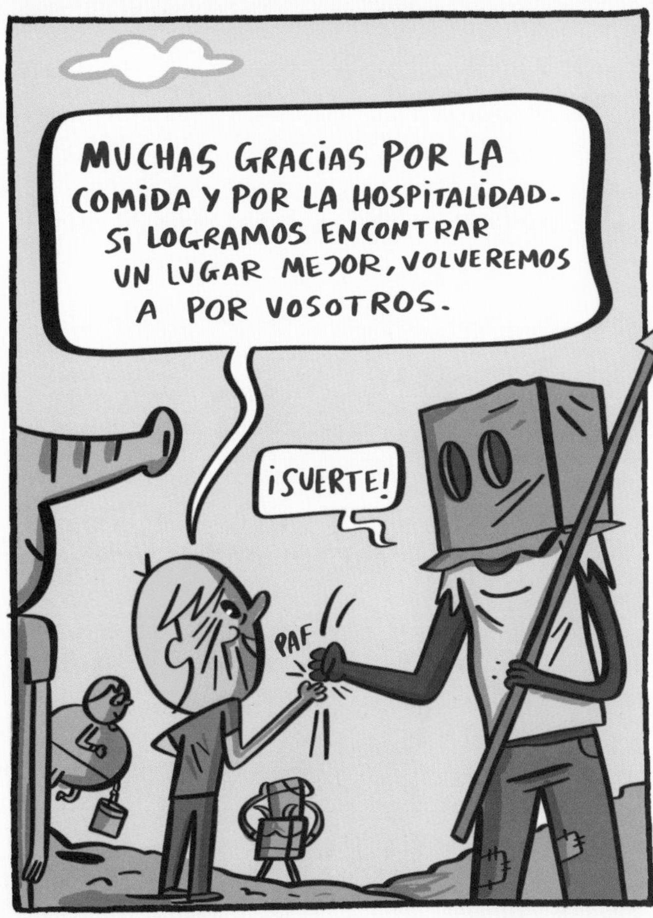
MUCHAS GRACIAS POR LA COMIDA Y POR LA HOSPITALIDAD. SI LOGRAMOS ENCONTRAR UN LUGAR MEJOR, VOLVEREMOS A POR VOSOTROS.
¡SUERTE!
PAF

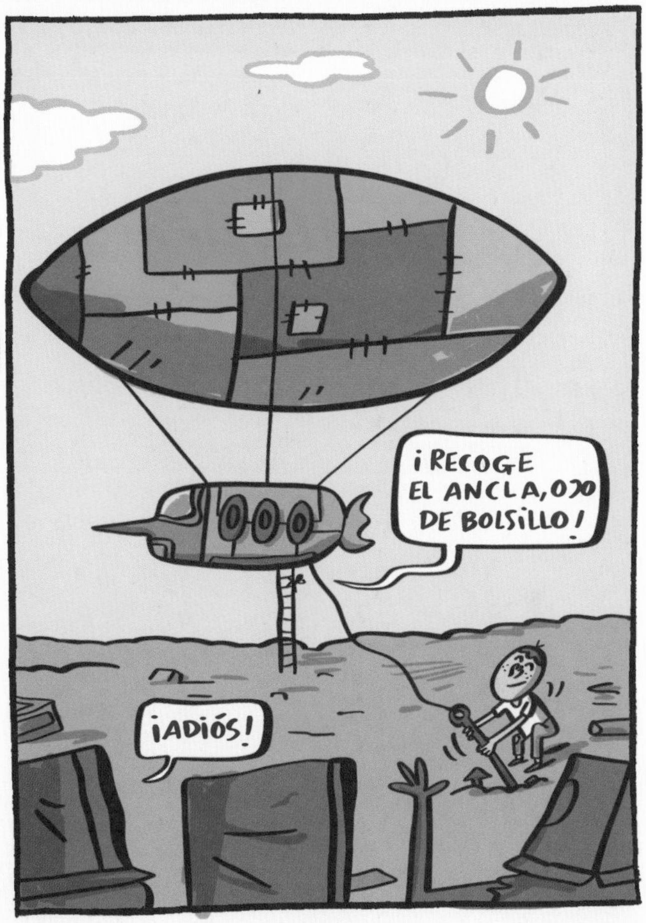
¡RECOGE EL ANCLA, OJO DE BOLSILLO!
¡ADIÓS!

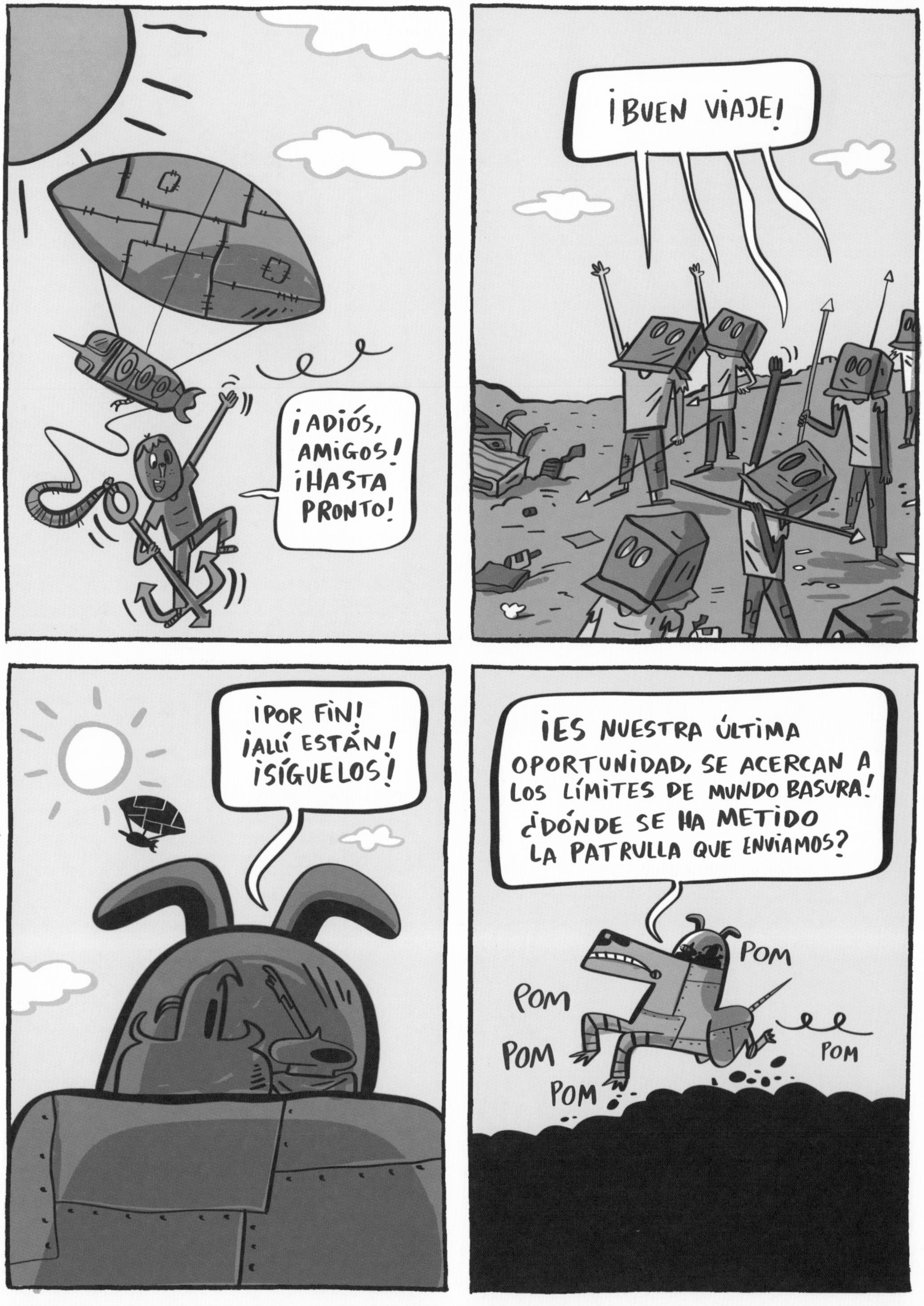
¡ADIÓS, AMIGOS! ¡HASTA PRONTO!
¡BUEN VIAJE!
¡POR FIN! ¡ALLÍ ESTÁN! ¡SÍGUELOS!
¡ES NUESTRA ÚLTIMA OPORTUNIDAD, SE ACERCAN A LOS LÍMITES DE MUNDO BASURA! ¿DÓNDE SE HA METIDO LA PATRULLA QUE ENVIAMOS?
POM
POM
POM
POM
POM
POM

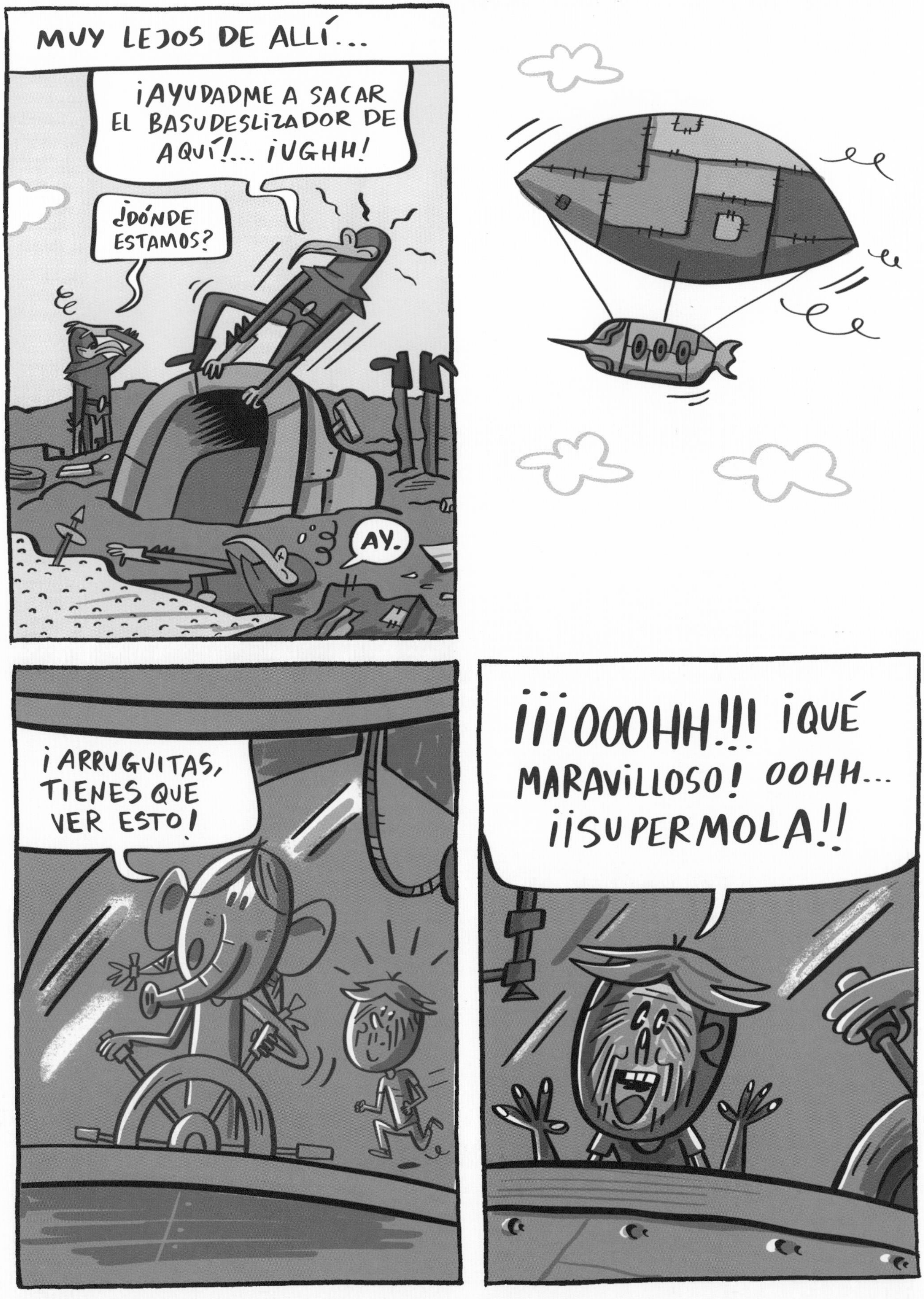
MUY LEJOS DE ALLÍ...
¡AYUDADME A SACAR EL BASUDESLIZADOR DE AQUÍ!... ¡UGHH!
¿DÓNDE ESTAMOS?
AY.
¡ARRUGUITAS, TIENES QUE VER ESTO!
¡¡¡OOOHH!!! ¡QUÉ MARAVILLOSO! OOHH... ¡¡SUPERMOLA!!

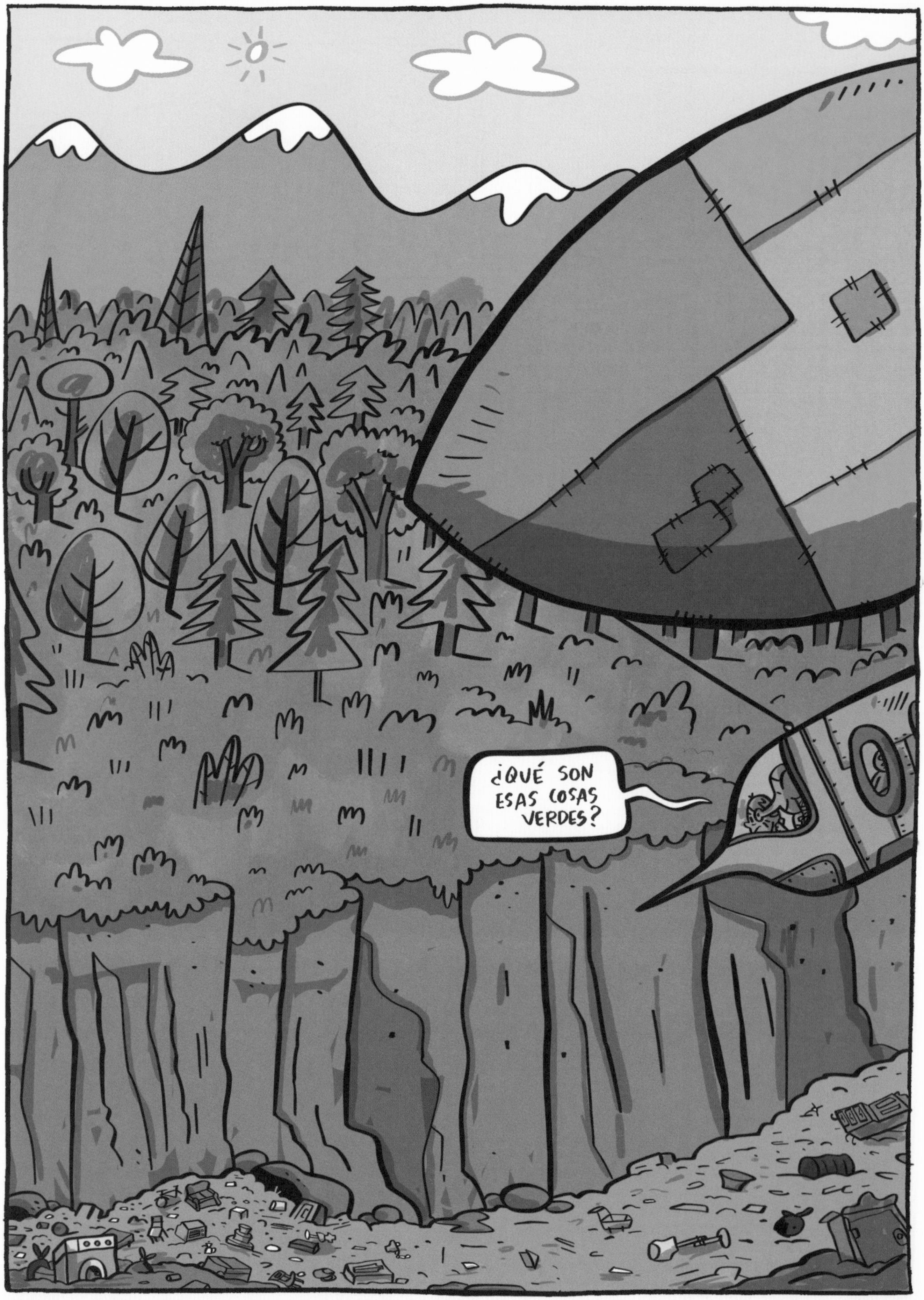
¿QUÉ SON ESAS COSAS VERDES?

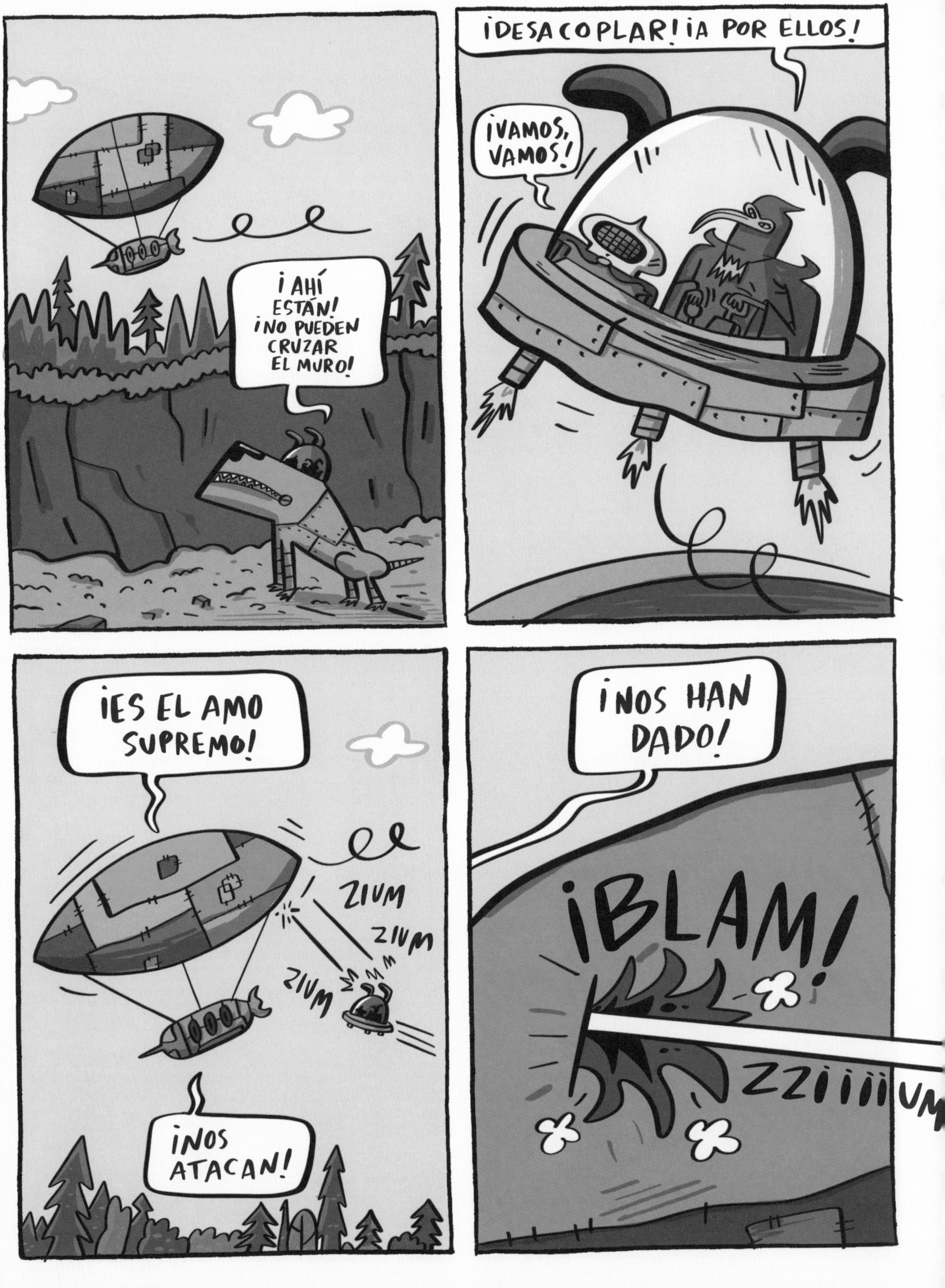
¡AHÍ ESTÁN! ¡NO PUEDEN CRUZAR EL MURO!
¡DESACOPLAR! ¡A POR ELLOS!
¡VAMOS, VAMOS!
¡ES EL AMO SUPREMO!
ZIUM
ZIUM
ZIUM
¡NOS ATACAN!
¡NOS HAN DADO!
¡BLAM!
ZZIIIIIUM

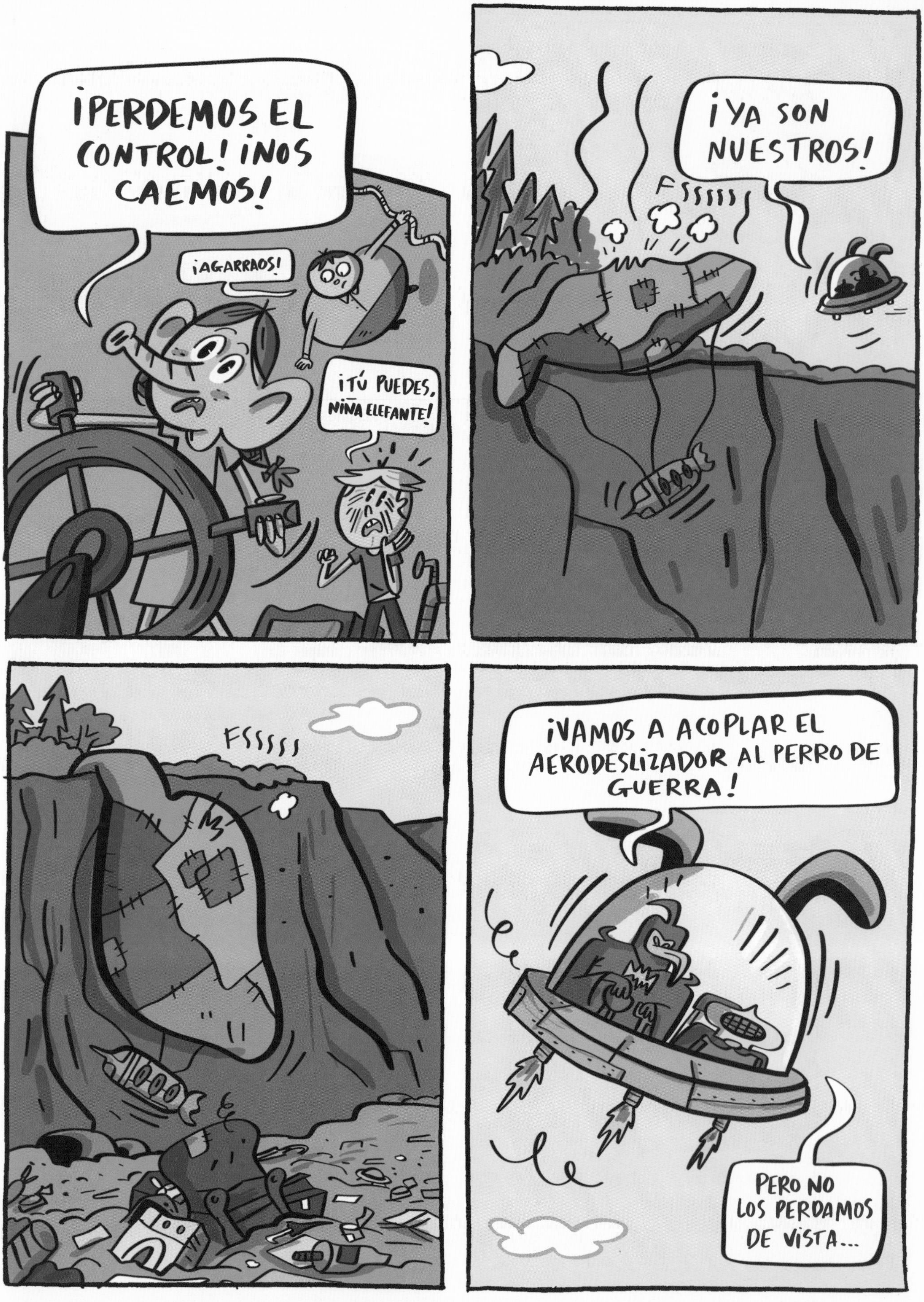
¡PERDEMOS EL CONTROL! ¡NOS CAEMOS!
¡AGARRAOS!
¡TÚ PUEDES, NIÑA ELEFANTE!
¡YA SON NUESTROS!
FSSSSSS
FSSSSSS
¡VAMOS A ACOPLAR EL AERODESLIZADOR AL PERRO DE GUERRA!
PERO NO LOS PERDAMOS DE VISTA...

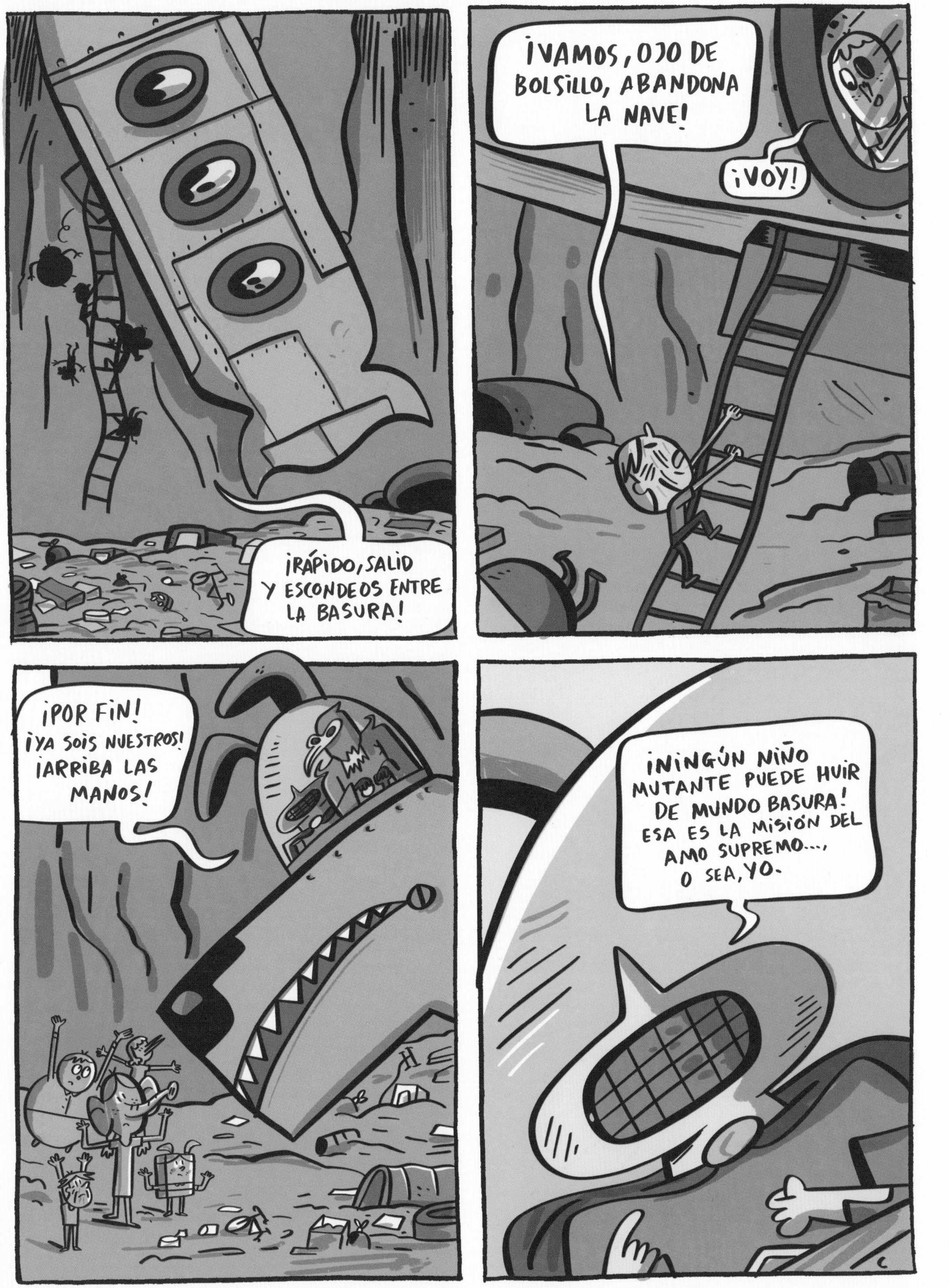
¡RÁPIDO, SALID Y ESCONDEOS ENTRE LA BASURA!
¡VAMOS, OJO DE BOLSILLO, ABANDONA LA NAVE!
¡VOY!
¡POR FIN! ¡YA SOIS NUESTROS! ¡ARRIBA LAS MANOS!
¡NINGÚN NIÑO MUTANTE PUEDE HUIR DE MUNDO BASURA! ESA ES LA MISIÓN DEL AMO SUPREMO..., O SEA, YO.

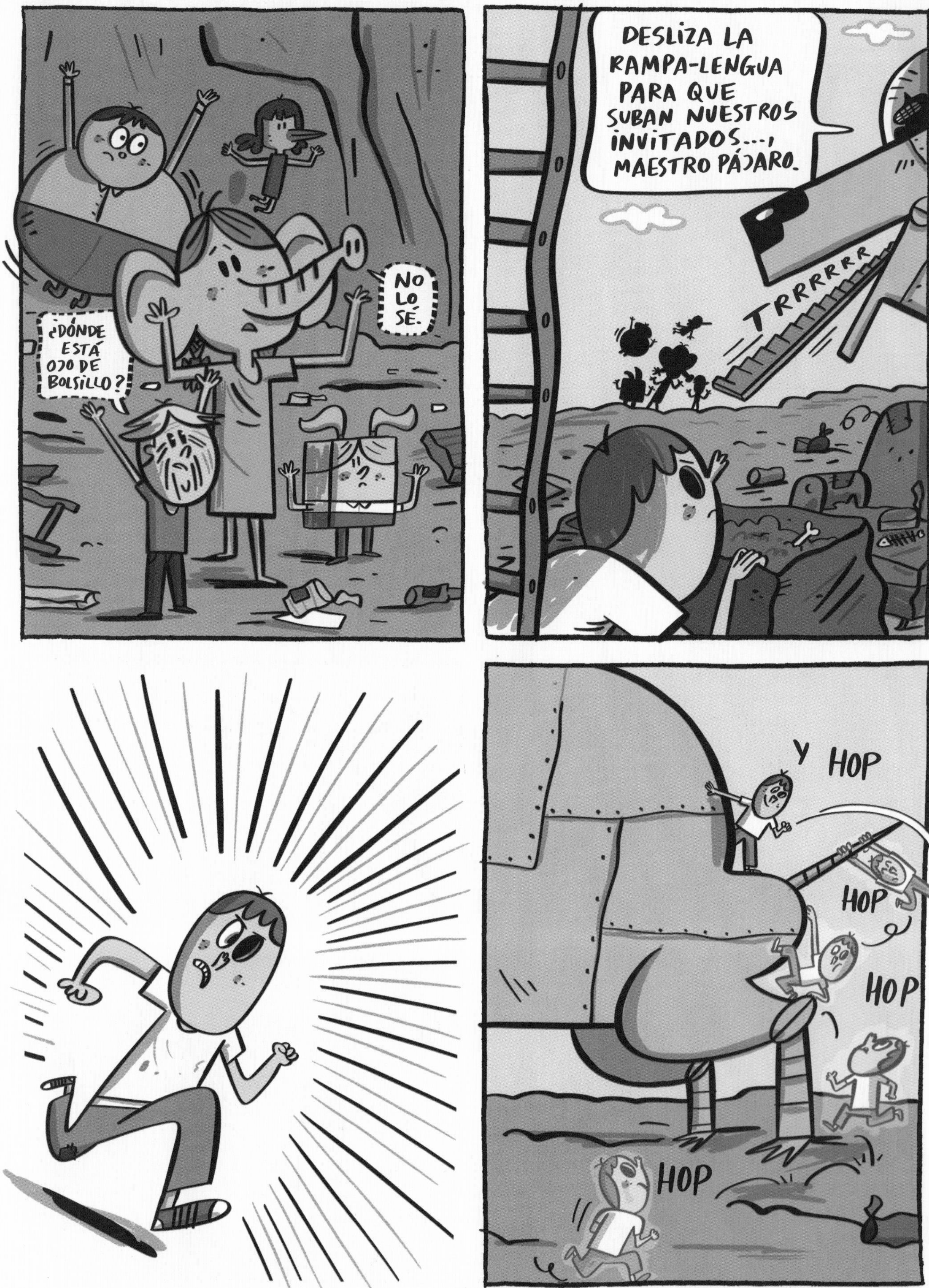
¿DÓNDE ESTÁ OJO DE BOLSILLO?
NO LO SÉ.
DESLIZA LA RAMPA-LENGUA PARA QUE SUBAN NUESTROS INVITADOS..., MAESTRO PÁJARO.
TRRRRRRR
Y HOP
HOP
HOP
HOP

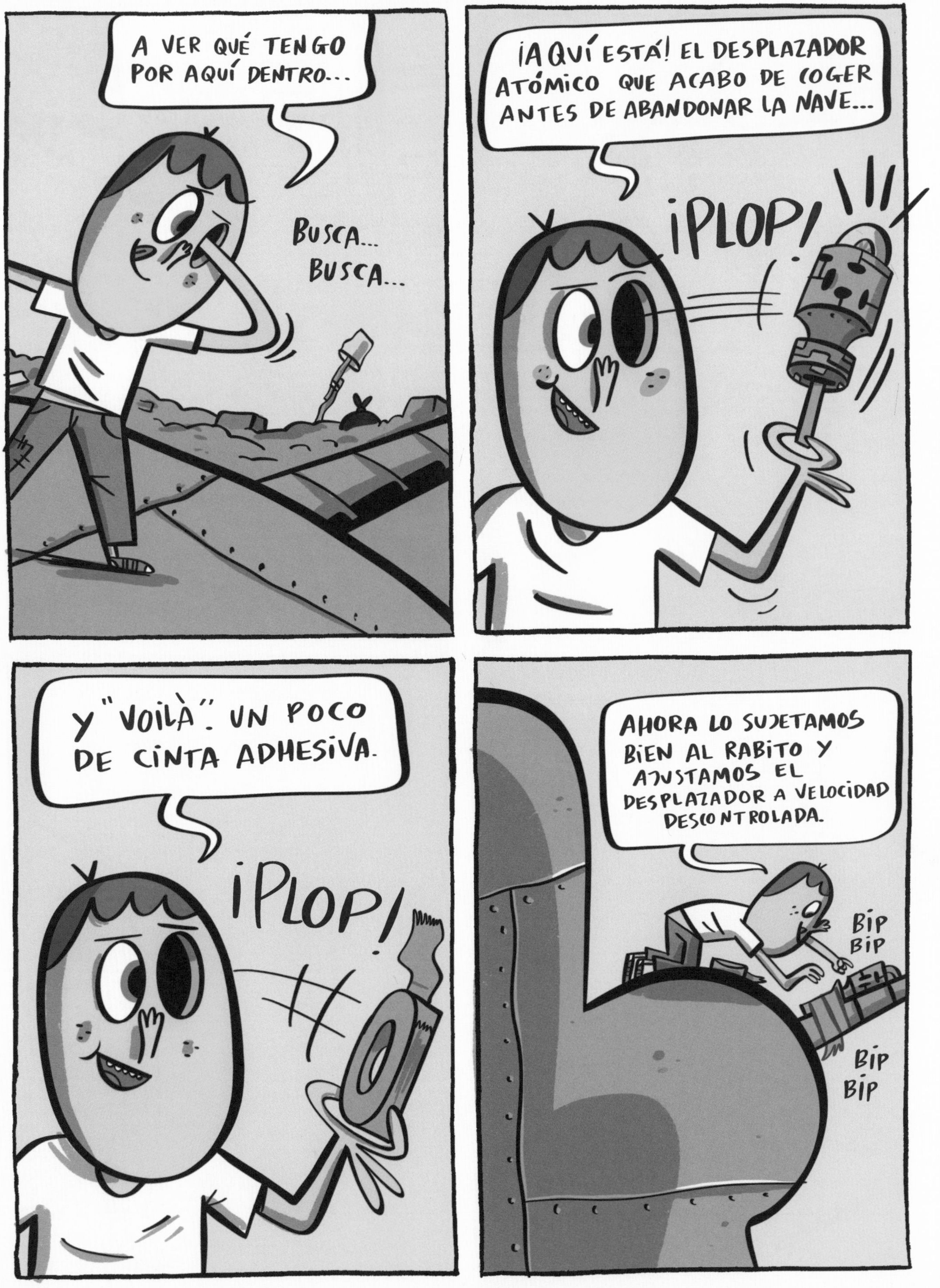
A VER QUÉ TENGO POR AQUÍ DENTRO...
BUSCA... BUSCA...
¡AQUÍ ESTÁ! EL DESPLAZADOR ATÓMICO QUE ACABO DE COGER ANTES DE ABANDONAR LA NAVE...
¡PLOP!
Y "VOILÀ". UN POCO DE CINTA ADHESIVA.
¡PLOP!
AHORA LO SUJETAMOS BIEN AL RABITO Y AJUSTAMOS EL DESPLAZADOR A VELOCIDAD DESCONTROLADA.
BIP BIP
BIP BIP

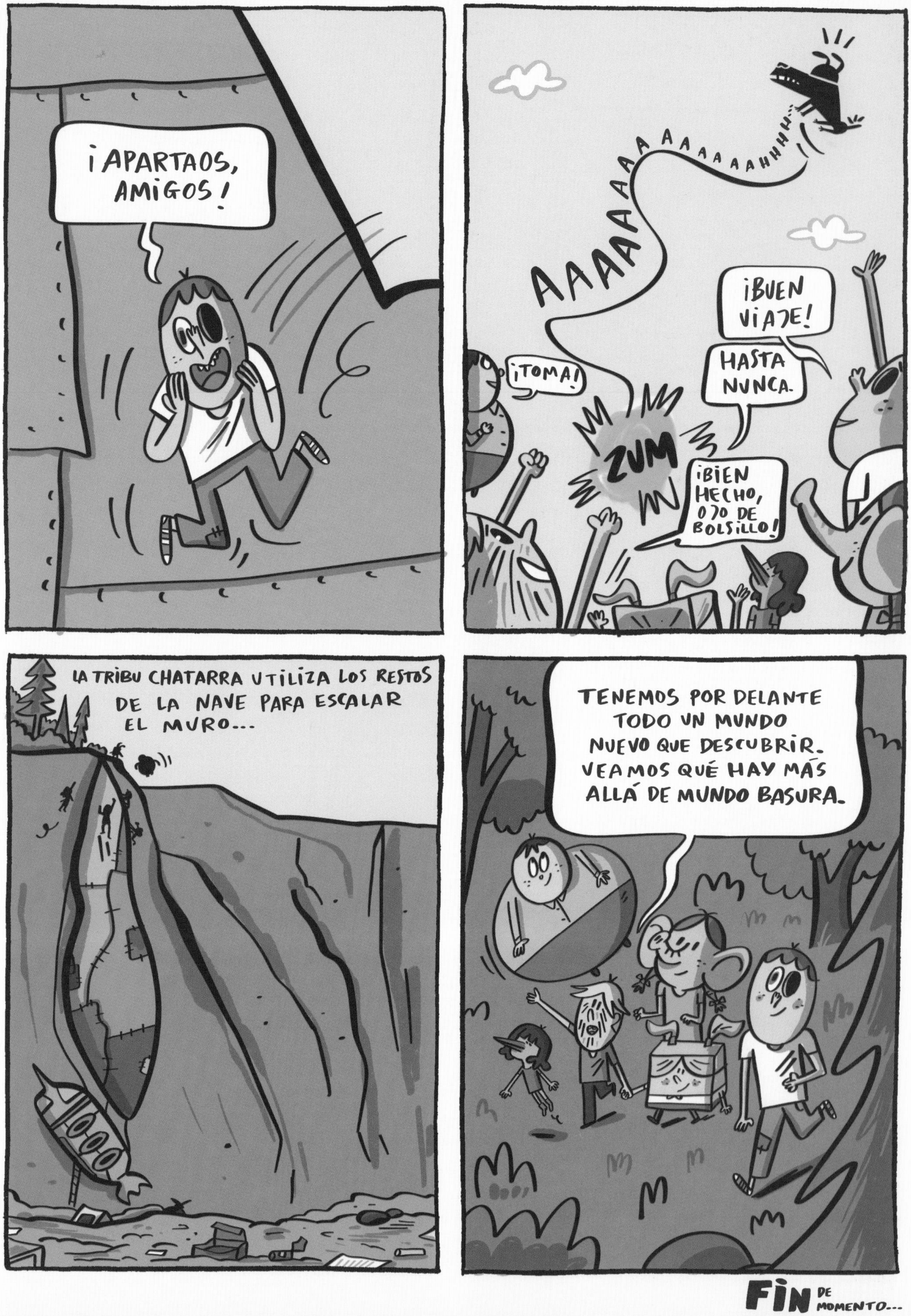
¡APARTAOS, AMIGOS!
AAAAAAAAAAAAAAAAAHHHH...
¡TOMA!
ZUM
¡BUEN VIAJE!
HASTA NUNCA.
¡BIEN HECHO, OJO DE BOLSILLO!
LA TRIBU CHATARRA UTILIZA LOS RESTOS DE LA NAVE PARA ESCALAR EL MURO...
TENEMOS POR DELANTE TODO UN MUNDO NUEVO QUE DESCUBRIR. VEAMOS QUÉ HAY MÁS ALLÁ DE MUNDO BASURA.
FIN DE MOMENTO...

Papel certificado por el Forest Stewardship Council®

MIXTO
Papel procedente de
fuentes responsables
FSC® C117695

Penguin
Random House
Grupo Editorial

Primera edición: abril de 2021

Printed in Spain – Impreso en España

ISBN: 978-84-488-5759-2
Depósito legal: B-725-2021

Diseño y maquetación: LimboStudio
Impreso en Gómez Aparicio, S.L.
Casarrubuelos, Madrid

BE 5 7 5 9 2

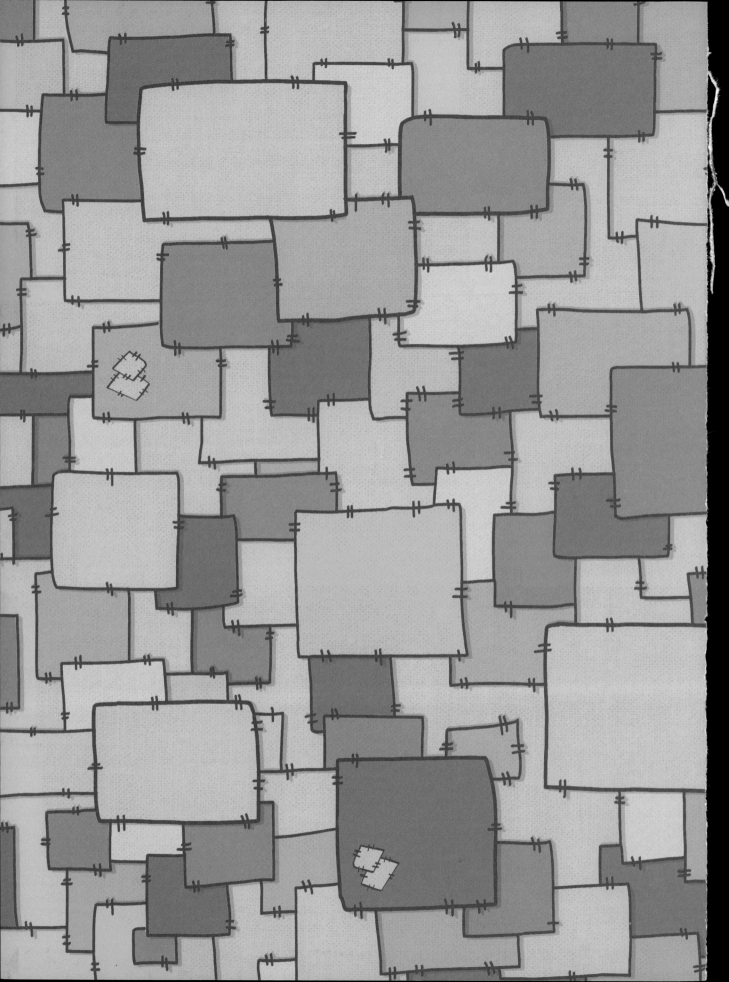